中国古典诗词精品赏读

李商隐

文 韬 著

图书在版编目（CIP）数据

李商隐 / 文韬著． —— 北京：五洲传播出版社，2015.10

（中国古典诗词精品赏读书系）

ISBN 978-7-5085-3256-1

Ⅰ．①李… Ⅱ．①文… Ⅲ．①李商隐（812～约858）-唐诗-诗歌欣赏 Ⅳ．①I207.22

中国版本图书馆CIP数据核字(2015)第251117号

出 版 人	荆孝敏
著　　者	文　韬
责任编辑	王　峰　王　莉
图片编辑	蔡　程
装帧设计	紫航文化

出版发行	五洲传播出版社
地　　址	北京市海淀区北三环中路31号生产力大楼B座6层
邮政编码	100088
电　　话	010-82005927 82007837（发行部）
网　　址	www.cicc.org.cn www.thatsbooks.com
制　　作	北京紫航文化艺术有限公司
印　　刷	北京凯德印刷有限责任公司
版　　次	2017年4月第1版 2017年4月第1次印刷
开　　本	710mm×1000mm 1/16
印　　张	10.5
字　　数	140千字
书　　号	ISBN 978-7-5085-3256-1
定　　价	49.80元

编者的话

　　中国在历史上是一个"诗歌的国度",古典诗词是中国传统文化的珍宝。早在三千年前,我们的祖先就创作出了以"诗三百"为代表的优秀诗篇。此后每个历史年代,诗歌创作都结出丰硕的成果,其中不少名篇名句,脍炙人口,传诵至今。这套"中国古典诗词精品赏读"书系,选取了历史上最具代表性的诗人、词人的优秀作品,并加以详尽通俗的译注、评解,试图由此将古代中国人创造的最可珍贵的文化瑰宝介绍给当代海内外读者。

　　以"国风"为代表的《诗经》和以《离骚》为代表的楚辞,无论是在思想内容上还是在艺术手法上,都对中国后世诗坛产生了深远影响。中国诗歌至唐代而达到高峰,呈现出后人所称誉的"盛唐气象"和"少年精神",而从李白、杜甫等诗人身上,从他们留下的诗歌中,不难看出"风""骚"以来优秀传统的回响。他们都有强烈的现实关怀,关注国家、社会、民生等问题;而这种主题,往往是诗人通过自己的人生境遇和心灵历程去感悟，通过描绘自然界山川万物、人间世事民情来体现的。在唐诗的辉煌之后发展起来的宋代诗歌，成就也相当高，但最能表现此年代文学特殊成就的是词。宋代优秀的词家把这种长短句诗体运用到出神入化的地步，那或慷慨激昂、或委婉凄清的词作，今天读来仍有强烈的艺术感染力。可以说，唐诗宋词是中国文学史上最有神采的篇章。本书系介绍的诗人、词人，如东晋的陶渊明，唐代的李白、杜甫、王维、白居易、李商隐，五代南唐的李煜，宋代的苏轼、李清照、辛弃疾等，都是中国诗歌史上耀眼的星座。

　　中国古代诗歌注重抒情、写景，善于表现友情、亲情、爱情、乡情，以及其他复杂细微的个人情感。这形成中国诗歌又一个强大的传统。在儒家思想影响下，中国诗歌几乎从一开始就具有"发乎情，止乎礼义"的特点，情感的表达比较克制、内敛、含蓄，有别于西方的诗歌风格。与此同时，中国诗人们又强调"含不尽之意见于言外"，善于通过各种艺术手法传达言外之意，给读者以无穷的回味、想象空间。古代诗词中的优秀之作往往写得深情宛转，富于形象性和音乐性，诵读这些诗词，可以受到多层次的艺术感染和美的熏陶。古典诗词还善于表现自然之美及人与自然的融合。古人常说"诗中有画，画中有诗"，本书系中的每首作品，都配以与诗词意境相呼应的优秀传统中国画。由此，本书系的每一本书不仅引导读者欣赏、涵泳中国古典诗歌佳作，同时也带着读者一起领略中国传统绘画的魅力。通过欣赏这些诗、画，可以更深刻地领悟到中国古代艺术作品中的诗情画意，品味其艺术之美。

除了"诗情画意"的特色外，本书系以各位诗人、词人单独成册，以更清楚地展示其不同的个性和艺术风格；各分册包括诗人小传与作品赏析两部分。对每篇作品的赏析，又分为题解、句解、评解三个章节：题解交代创作背景；句解用现代语文对诗词进行逐句意译，对某些难懂的字词作注释；评解部分则提要钩玄，对作品特色进行点评。我们的本意，首先是帮助读者减少阅读中的文字障碍，继而是理解诗词的思想内容、艺术特色和写作技巧。

中国古代经典诗篇把汉语升华到至美至纯的境界，足以使每个中国人感到自豪。这些作品是联接所有炎黄子孙思想、情感的文化纽带，无论身在国内，还是身在海外，优秀的诗歌对读者的感召力都是相通的。一个喜爱祖国传统文化的人，可能会不断地接触和学习祖先的这些遗产。久而久之，这些优秀文化中的一部分会积淀下来，构成每个人头脑中一道美丽的艺术长廊，不断给人以教益、激励和艺术享受。我们期望，本书系所介绍的诗词名篇能够成为这道艺术长廊的组成部分。

　　本书系所介绍的诗人、词人，都各有很多传世名篇，限于篇幅，书中每人只选取了二三十首代表作品。限于编辑水平，书中会有种种不尽如人意之处，敬请读者朋友提出宝贵意见。

目 录
CONTENTS

2	李商隐简介	77	夜雨寄北
11	宿骆氏亭寄怀崔雍崔衮	83	七月二十九日崇让宅宴作
17	曲江	89	嫦娥
23	无题二首（其一）	93	无题二首（其二）
29	无题四首（其一）	101	杜工部蜀中离席
35	无题	107	二月二日
41	代赠二首（其一）	115	筹笔驿
45	安定城楼	121	重过圣女祠
51	马嵬	127	春雨
57	落花	133	隋宫
63	晚晴	139	乐游原
67	蝉	143	风雨
73	贾生	149	锦瑟

李商隐
中国古典诗词精品赏读

李商隐简介

李商隐,字义山,号玉谿生,又号樊南生。他的原籍是怀州河内(今河南沁阳),自祖父起,迁居荥阳(今河南郑州)。他的高祖、曾祖以下几代曾做过县令、县尉、州郡僚佐一类的下级官员。

唐宪宗元和八年(812),李商隐诞生在父亲李嗣的任所。那时,他的父亲是获嘉(在今河南)县令。就在他三岁时,李嗣被罢了官,流落到浙江一带做幕僚。李商隐随着父亲在江南度过了他的童年。此时的他自然不会想到,尽管他以后的才华和名气都比父亲高出许多,但是,在前面等着他的,依然是父亲的这种漂泊、清苦的幕僚生涯。

十岁的时候,父亲病逝于浙江幕府,李商隐陪同母亲扶丧回到了河南郑州。低级幕僚的生活原本就不富裕,加上兄弟姐妹众多,孤儿寡母生活的艰辛可想而知。后来他在《祭裴氏姊文》里回忆当时的处境说"四海无可归之地，九族无可倚之亲"，"生人穷困，闻见所无"。两年后，李商隐全家迁往东都洛阳。作为长子的李商隐不得不帮助母亲挑起养家的重担，幼小的他常常给人抄书或者服役来赚取一点点微薄的口粮。

幸好，在洛阳期间，他的一位学养颇高的堂叔时常教授他经书与文章，早熟的商隐迫切地抓住这来之不易的学习机会，刻苦攻读。他渴望通过科举摆脱困境，渴望大展宏图，重振家门；可惜的是，他虽然为之痛苦地奋斗了一生，家境最终也没能得到太大的改善。在堂叔的严格要求下，李商隐在古文、诗歌、书法等各方面皆有所成，十六岁时，他凭着《才论》和《圣论》两篇古文崭露头角，在洛阳小有名气。

唐文宗大和三年（829），少年才俊的李商隐结识了担任洛阳东都留守的令狐楚。令狐楚不仅聘用这位年仅十八岁的年轻人入幕做巡官，而且还让他和自己的儿子令狐绹交游，并亲自教授李商隐写作骈文，待之如子。

令狐楚是进士出身的将领，也是著名的骈体奏章写作大家。在他的精心培养下，李商隐很快由长于古文写作变为骈文写作的高手，这对他以后的文学创作道路有着重大的影响，也成为他日后的主要谋生手段。李商隐的后半生几乎都是在各地幕府供职，而幕僚的主要职责就是为幕主草拟奏章。

早期流落困顿的生活终于结束了。随后的几年里，李商隐忙着读书、科考、交游、恋爱，踌躇满志地规划着自己的未来。大和六年（832），二十岁的李商隐第一次去长安参加进士科考，但没有考上。这一年，令狐楚调任京职，李商隐辞去幕职，到华州（今陕西渭南华州区）投靠任华州刺史的从表叔崔戎。第二年，李商隐再次应试，又落榜。当时崔戎已调往兖州（今山东兖州），落榜后的李商隐又回到了表叔那里，掌管文书奏章，得到崔戎的器重。可惜的是，崔戎不久暴病身亡，李商隐再次失去依托。

大和九年，发生了震惊朝野的"甘露事变"，宦官仇士良大批逐杀朝官，时局混乱，仕进之途受阻，李商隐便跑到河南济源县的玉阳山、王屋山一带学道去了。道教是唐朝的国教，势力很大。当时一些文人、朝中官员乃至皇亲国戚都与道教人士有密切来往。入世心切的李商隐自然不会真的想遗落世外。据一些研究者考证，在玉阳山，李商隐认识了陪同玉真公主一块入道的宫女宋华阳，并与之产生了深厚的恋情。李商隐后来写了大量的诗歌来追忆这段零落未果、痛苦不堪的爱情，如著名的《碧城三首》《过圣女祠》《河阳诗》等，莫不是隐晦曲折、空灵飘忽而又痛切惆怅。

唐文宗开成二年（837），二十六岁的李商隐第三次应进士科考，终于及第。据说其中有令狐楚的援引之功。带着登科的喜悦，李商隐来到了令狐楚的兴元节度使幕府。不幸的是，这年冬天，令狐楚卒于任上。令狐楚的知遇和提携之恩，让李商隐铭感终生，他曾沉痛地说："百生终莫报，九死谅难追。"不过，他万万没有想到，恩师的去世将是自己人生的又一大转折，前面正有一连串的磨难在等着他。

李商隐虽然性格优柔内向，多愁善感，志向却非常远大。他早期不少言志之作，就抒发了"欲回天地"的抱负。初入社会，他的进取之心很盛，对时局国事的关注尤为密切。特别是"甘露事变"后，他写下了一系列感时伤乱、激锐峻切的政治诗，这些形成其诗歌创作的第一次高潮。总的说来，商隐早期作品大多还比较明丽，不像后来那样绵邈隐涩，感伤色彩也不是十分浓厚。

令狐楚死后，李商隐失去了重要的依托。第二年，应泾原节度使王茂元之聘，他来到泾原（今甘肃泾川）。王茂元不仅极其赏识李商隐的才学，而且把自己的女儿嫁给了他。从李商隐的《寄恼韩同年二首》和《无题》诸诗来看，在此之前，李商隐早已恋上了王茂元的千金，而王氏与他也是"心有灵犀一点通"，婚后生活非常和美。李商隐终于在泾州找到了他的爱情归宿，但后来也为之付出了惨痛的代价。

晚唐时期，以牛僧孺和李德裕为首的两大官僚集团斗争非常激烈,持续了四十多年之久，史称"牛李党争"。唐文宗时期正是党派倾轧的白热化阶段。令狐楚父子属于牛党，王茂元则属于李党。李商隐成为王茂元的女婿后，令狐楚的儿子令狐绹对他十分忌恨，牛党中人更是斥之为"背恩""无行"，极力排挤、打击他，对他的名誉和仕途都造成了极坏的影响。从此，李商隐陷入朋党争斗的旋涡，成了政争的牺牲品。

开成三年（838），李商隐参加博学宏词科考试，本来已被录取，复审时因朝中某官员说"此人不堪"而被斥落。第二年，李商隐应吏部拔萃科考入选，被任命为秘书省校书郎，但仅仅过了三四个月，就被排挤出京师，转任弘农（今河南灵宝）县尉这样的小官。后来，商隐因同情被逼犯科的穷民而触怒上司，不甘受其辱责，愤而辞职，回到岳父的幕府做书记。

开成五年（840），唐文宗去世，武宗李炎即位，改元会昌。大唐帝国进入晚唐时期。武宗即位后，李德裕做了宰相，李党受到重用，王茂元也被召回京做了朝官。李商隐再次参加吏部考试，重入秘书省。虽然职位不高，却让三十一岁的他看到了希望，凌云壮志再度升腾而起。他期望致力于大唐的中兴，渴望着能被朝廷重用。

然而不久，李商隐母亲去世，他离职回乡服丧。会昌三年（843），岳父王茂元也死于任所。等到三年服丧期满，重返秘书省时，已是会昌五年（845）秋了。几个月后，武宗死了，宣宗即位。唐宣宗一上台就大黜李党，启用牛党。身为牛党要人的令狐绹做了宰相之后，李商隐受到打击和压抑，在京没有出路，他只好到远方幕府去安身。

两试吏部、两入秘书省、屡遭挫折的境遇，对李商隐此期诗歌创作产生了深刻影响，最明显的就是在题材和内容上，由先前的较多关注现实政治逐步转向关注个人身世遭遇，抒写人生感慨。

从宣宗大中元年（847）到九年，李商隐辗转各地，绝大部分时间在幕府度过。他先是追随郑亚到桂州（今广西桂林），前后约一年时间，随着幕主南贬，他不得不于大中二年（848）九月回到长安那个是非之地。他在京兆尹府中做了一段书记工作，生活十分清贫，好在和妻儿团聚了。

大中三年（849）十月，他的旧识卢弘止镇徐州，邀其入幕，并奏请了一个"侍御史"之衔，这是商隐从幕以来所得到的最高幕职。在徐州期间，他度过了一段相对快意的生活。但是好景不长，大中五年（851）春，卢弘止去世。祸不单行的是，当商隐带着对前途的忡忡忧心踏上返京之路时，传来了爱妻王氏病危的消息。他日夜兼程地赶回去，却永远也见不到妻子的音容笑貌了。

妻子的死对李商隐是一个巨大的打击。自开成三年（838）结婚以来，贤淑貌美、能诗能文的王氏，不仅是他生活中的伴侣，也是他精神上的知音。后来，当他的最后一位幕主柳仲郢为他物色一位色艺双全的乐伎以做侍妾时，商隐言辞恳切地婉拒了。王氏死后，悼亡诗成为商隐后期诗作中的一大主题。他在诗中寄托自己的哀思，倾诉自己的悲伤，抒发对人生与命运的伤怀感慨。

尽管才四十岁，商隐从身体到精神似乎一下子变得衰老了。一对儿女还年幼，为生活所迫，他硬着头皮干求官至相位的令狐绹，希望博得他的同情和谅解，最终补了个太学博士的闲官。没过几个月，柳仲郢被任命为东川节度使。他对商隐的文才诗名以及坎坷境遇早有所闻，于是奏辟商隐为书记。大中五年九月，李商隐将孩子寄养在亲戚家，只身远赴梓州（今四川三台县），开始了他一生中羁泊异乡、寄迹幕府时间最长的一段生活。

梓幕期间，抑郁寡欢的诗人写了大量的思家念友、惜别伤春之作，并且往往都和自己漂泊无依的身世之感联系在一起。春风春鸟、秋月秋蝉、夏云暑雨、冬月霜寒，一切的一切，在他眼里都是那样的凄苦寂寥。那种思念之情和孤独之感简直让诗人无法自持，化于笔端，篇篇深情贯注，充满苍凉孤寂之感。在这些诗的背后，我们看到，诗人的身心渴望着有一个可以栖息归依的地方。

这一时期，李商隐事佛之心更强烈了，他与僧人往来酬唱，到僧院听讲佛经，甚至还有过出家为僧的打算。同时，他对早已浸染多年的道教仍继续信奉，并与道流往来。经历了太多的不如意之后，李商隐无可奈何地想逃避现实，寄情佛道，然而他本质上是一个极重情、极执着的性情中人，他始终都无法忘情政治和人生。

四十五岁那年，柳仲郢调赴京职，李商隐也随之返京。在柳仲郢的奏请下，李商隐担任了盐铁推官，得以经常往来于金陵、扬州一带，写下了不少咏古寄怀诗。

大中十二年（858），柳仲郢由盐铁转运使调任刑部尚书，李商隐随即罢职，举家迁回故乡郑州。这年年底，一代诗人就这样在凄凉寂寞中离开了人世，年仅四十七岁。

"古来才命两相妨"，李商隐的一生有着太多的坎坷、抑郁和孤苦。从十八岁踏入仕途到离开人世的三十年中，他有二十年辗转于各处幕府。远离家室，沉沦下僚。"虚负凌云万丈才，一生襟抱未曾开"，这是晚唐诗人崔珏《哭李商隐》中对他一生的最好总结。比起唐代许多杰出诗人来，他更加生不逢时。在他短短的四十七年生命历程中，竟经历了从唐宪宗到唐穆宗、唐敬宗、唐文宗、唐武宗和唐宣宗六个王朝，帝王如走马灯似的更迭。昔日煌煌的大唐帝国此时已经江河日下、日薄西山了。藩镇割据、宦官专权、朋党之争，唐朝社会的所有政治弊端都集中在这个时候，更何况李商隐还是"牛李党争"的直接受害者。

时世、家世、身世，从各方面促成了李商隐易于感伤的、内向型的性格与心态。他所禀赋的才情，他的悲剧性和内向型的性格，使他灵心善感，而且感情异常丰富细腻。多感、有情，及其所带有的悲剧色彩，在他的创作中表现得十分突出。那些纤柔细小、流离无依的事物，如莺、蝉、柳、蝶、泪、细雨，以及柔弱美丽的女子等，常常是商隐诗中吟咏的对象。

唐代诗歌经过盛唐和中唐充分发展后已难以为继，晚唐一般诗人的作品创造性不大，题材、境界较为狭小。但李商隐在中唐已经开始上升的爱情与绮艳题材、在向心灵世界深入等方面，把诗歌的艺术表现力提高到了一个新的高度。

李商隐现存诗歌约六百首，多半属于吟咏怀抱、感慨身世之作。他以七律、七绝形式写成的抒情诗，尤其是无题诗，是其独特艺术风貌的代表。他的咏史诗情韵深长，善于突破"史"的拘限，真正进入"诗"的领域，将咏史诗的创作往更具典型性、抒情性的境界推进。

他的咏物诗托物寄怀，表现诗人独特的境遇命运、人生体验和精神意绪，在物与我、形与神、情与理等类关系处理上作出了新贡献。

李商隐的诗歌对人的心灵世界作出了前所未有的深入开拓与表现。他因物兴感，其感触虽常由一点生发，但在抒情过程中渐渐融合多重人生感受，淡化具体情事，而扩展为对整个人生、世情的感知。许多诗歌所写的不只一时一事，乃是整个心境。他不像一般诗人，把情感内容尽可能清晰地表达出来，而是善于把心灵中的朦胧图像，化为恍惚迷离的诗的意象。这些意象分明有某种象征意义，而究竟要象征什么，又难以猜测，由它们结构成诗，略去其中的逻辑关系的明确表述，就形成如雾里看花的朦胧诗境，辞意飘渺难寻。因此，对商隐诗意的理解常常众说纷纭。

非逻辑的、跳跃的意象组合，朦胧情思与朦胧境界的创造，把诗境虚化等，这样的非写实的艺术表现手法，不仅极大地扩大了诗的容量，且留给读者以更大的想象空间。因此，在艺术表现手法的创新方面，李商隐在中国诗史上开拓了一个全新的艺术表现领域。

作为第一流的诗人，商隐诗的风格不仅是隐曲绵邈，也不只是一味沉湎于自我的忧伤，注目于个体的心灵。他的咏史诗，便有不少借历史讽喻现实，表现了诗人热切的现实关怀。

李商隐的诗是那样细美幽约，深情绵邈，意韵丰厚，以至于千百年来无数人反复咀嚼，苦苦思索。金代文学家、史学家元好问曾喟叹道："诗家总爱西昆好，独恨无人作郑笺。"（北宋初年的诗坛，曾有过一阵在形式上模仿李商隐的风雅，人称"西昆体"）清代吴乔说："唐人能自辟宇宙者，惟李、杜、昌黎、义山。"（《西昆发微序》）李商隐确实是继李白、杜甫、韩愈之后，自成境界的又一大家。

《设色山水图》局部 宋代·马远

宿骆氏亭寄怀崔雍崔衮

竹坞无尘水槛清,
相思迢递隔重城。
秋阴不散霜飞晚,
留得枯荷听雨声。

题解

　　崔雍和崔衮,是崔戎的两个儿子,李商隐的从表兄弟。大和七年(834),二十一岁的李商隐应试不中,投奔做华州刺史的表叔崔戎。崔戎不仅待他极好,还送他去南山读书。第二年,李商隐再次落榜,又回到了表叔家。当时崔戎调任兖州观察使,没想刚到兖州一个多月就病故了。崔戎对李商隐不仅有亲戚之情,还有知遇之恩。李商隐和崔戎的两个儿子崔雍和崔衮也是情深义重。这首诗大概作于唐文宗大和八年(835)崔戎死后不久,诗人离开崔家,旅宿在骆姓人家的园亭里,寂寥中怀念起两位朋友,写下了这首很有情韵的小诗。

《荷汀水阁图》局部　清代·佚名

句 解

竹坞无尘水槛清，相思迢递隔重城

"坞"，是四面高中间低的山地，可引申指四周筑有围障养花种草的地方。"水槛"，指临水而建有栏杆的亭轩。诗人置身其间，只见骆氏亭翠竹环抱，纤尘不染，一池清水，静澄照影。这样远离尘嚣、幽静清寥的境界，往往使人性情自适，但对客游独宿的诗人来说，触动的是故旧之思。诗人眼下所在与崔氏兄弟所居的长安，路途遥遥，中间隔着万千高城，但他的相思之情，不绝如缕，倏忽间越过万水千山，飞向远方。相思本无形之物，而说"隔重城"，则道出迢迢千里、情意绵绵的思念形态，极为形象。"隔"字在这里不只是表明"身隔"，而且曲折地显示了"情通"。

秋阴不散霜飞晚，留得枯荷听雨声

时已深秋，天空一片阴霾，迟迟不肯散去。诗人于孤旅相思中，本就有些惆怅。现在，阴沉迷蒙的天色，沉沉地压在心头，更让他心绪黯淡。因为秋霜晚降，水面的荷花虽已零落，尚还有几茎枯枝。天下起了雨，淅淅沥沥，打在枯荷之上。诗人于孤寂寥落中，静夜独听。尽管秋雨萧瑟，枯荷残败，给人以凄清衰飒之感，但错落有致的声韵，似乎让诗人略慰情思，稍解寂寥。一个"留"字，有庆幸之意，蕴含着淡淡的不期而遇的惊喜。一个"听"字，见出诗人寄情其中的神形。

秋雨打残荷，自有一种别样的情趣，然而这反过来又烘托出旅夜的清寂，诗人的孤独。诗人不仅描绘出富有诗情画意的景象，而且巧妙地暗示出自己夜不成寐的雨夜情怀。纪昀评点说："分明自己无聊，却就枯荷雨声渲出，极有余味。若说破雨夜不眠，转尽于言下矣。"

《红楼梦》里林黛玉说素来不喜欢李商隐的诗，却独独欣赏这两句，大概那种落寞凄清的景象特具情味和诗意吧。这两句确实是隽永精致，情味悠长。那低沉深远的意境与羁旅漂泊的情怀，不免使人想到凄冷的人生风雨。

评 解

这首诗抒写对朋友的思念，也寄寓了诗人自己的身世冷落之感。除了一个十分平常的中性词"相思"之外，其他都是景物的描写，没有一个字是直接抒发诗人自己感受的，然而却意在言外，无处不见诗人的情感。

"竹坞无尘水槛清"本来给人一种清幽静寂之感，而"相思迢递"带来一种绵绵的情思，"相思"与"迢递"的组合，音律上圆润婉转。"隔重城"三个字下得比较重，字里行间的失落之情又带来了诗歌情绪上的变化。而到了"秋阴不散霜飞晚"，诗境转向抑郁悲凉，夹杂着些许烦躁不宁的心绪。最后一句突然变得轻盈了许多。虽是枯荷，在夜雨声中却别有一番情趣。而夜雨的清音恰恰又衬托出夜的沉静、骆氏亭的清幽。这样一来，几经起伏，诗人的情绪又慢慢地回到了第一句的境界。"文似看山不喜平"，这短短的四句诗，情绪多变，气韵生动，回环往复，内涵丰富。

"竹坞"与"枯荷",一荣一枯;"水清"与"雨声",一静一动;"隔重城"与"霜飞晚",一远一近,景色的搭配也颇见匠心。"秋阴不散霜飞晚,留得枯荷听雨声"是千古名句,于衰飒凄清之中发掘出一种别样的优美、一份浓厚的诗情,因而意韵丰厚,兴味悠长。

《设色山水图》局部　宋代·马远

曲 江

望断平时翠辇过,
空闻子夜鬼悲歌。
金舆不返倾城色,
玉殿犹分下苑波。
死忆华亭闻唳鹤,
老忧王室泣铜驼。
天荒地变心虽折,
若比伤春意未多。

题解

　　曲江,又称曲江池,在长安东南郊,是唐代长安最大的风景名胜区。唐玄宗开元年间,这里非常繁华。安史之乱后,曲江荒废了。唐文宗想恢复盛唐时期的升平之状,于是在大和九年(835)二月重修曲江。十月,在这里赐宴百官。十一月,发生"甘露之变",曲江的重修工作就此停止了。

　　唐文宗之时,宦官专权,他对此深恶痛绝,决心依靠宰相李训、凤翔节度使郑注等铲除宦官势力。十一月的一天，李训谎称一棵石榴树上夜降甘露，是吉祥的预兆，企图在宦官仇士良等前往观看时，将其诛杀。不料事败，仇士良挟持文宗，李、郑被杀，连未曾预谋的宰相王涯等也遭族灭，同时株连者千余人。从此宦官更加胡作非为，风雨飘摇中的大唐王朝不可挽回地急遽败落下去。

曲江的兴废，和唐王朝的盛衰是密切相关的。杜甫的《哀江头》曾借曲江的今昔之别来抒发国家残破的感伤。李商隐有感于曲江的再度荒凉，于甘露之变后的第二年春天写下了这首诗，与其说是感叹曲江的衰败，不如说是感叹唐王朝的日落西山，带有浓重的悲怆色彩。

句解

望断平时翠辇过，空闻子夜鬼悲歌

放眼望去，往昔帝王车驾临幸的盛况，再也看不到了。曾经繁华绝代的曲江，已经一片荒凉，只能在夜半时听到冤鬼的悲号声。"翠辇"，是帝王乘坐的车子，车盖上往往用翠羽做装饰。"翠辇过"，代指甘露事变前唐文宗车驾出游曲江。也有人认为是指当年唐玄宗时的情形，是对开元盛世的追忆，与今日王朝的没落形成鲜明对比。"鬼悲歌"是形容事变后曲江的景象，隐隐透出凄厉，暗示着不久前的那场"流血千门，僵尸万计"的残酷事变。诗人不用着力地铺写，一个"翠辇过"足以概括当年的繁华，一个"鬼悲歌"足见今日的荒凉，一前一后形成鲜明的对比。"望断"与"空闻"使景象的概括融入了浓厚的个人情感。

甘露事变也好，安史之乱也好，总之这是两个时代，两幅景象。歌舞升平的太平时期已经成为不可见的过去，眼前面对的只是一幅萧瑟、冷落的景象。

金舆不返倾城色，玉殿犹分下苑波

曾经乘坐金舆陪同皇帝游赏的美丽宫妃已不再来，只有曲江水依然在寂静中流向玉殿旁的御沟。"金舆"，是后妃乘坐、装饰华美的车子。"倾城色"，代指有倾城倾国之貌的美女，出自《汉书·李夫人传》中李延年唱的一首歌。歌词说："北方有佳人，绝世而独立。一顾倾人城，再顾倾人国。宁不知倾城与倾国，佳人难再得。""下苑"，指曲江，曲江与御沟相通而地势较高，江水从曲江流向玉殿旁的御沟，所以说"分波"。"不返"与"犹分"形成对比，蕴含着今昔沧桑之感，更见曲江今日的荒凉冷落。

文宗修缮曲江亭馆，游赏下苑胜景，本想恢复升平旧事。甘露事变一起，受制权宦，形同幽囚，翠辇金舆，遂绝迹于曲江。这里正寓有升平不返的深沉感慨。

死忆华亭闻唳鹤，老忧王室泣铜驼

陆机临死前还忆想着华亭的鹤鸣之声，索靖到老的时候还忧虑着铜驼将陷、王室将倾的局面。这一联涉及两个典故。西晋的陆机被宦官孟玖谗言所害受到诛杀，临死前悲叹道："华亭鹤唳，岂可复闻乎？"华亭，陆机故宅旁谷名，在今天上海市的松江西面。陆机悲叹自己再也听不到故园华亭的鹤鸣声了。这里是用来暗示甘露事变期间，大批的朝臣惨遭宦官杀戮，长安城中弥漫着风声鹤唳的恐怖气氛，回应第二句的"鬼悲歌"。

"泣铜驼"也是一个常见的典故。西晋灭亡前，后将军索靖预感天下将有大乱，指着洛阳宫门前的铜驼叹息道：不久后你可能就埋在荆棘野草之中！后来，"铜驼""泣铜驼"之类的说法都含有王朝将倾、天下将乱的哀叹。这里即是借以抒发诗人对唐王朝国运的忧虑。

天荒地变心虽折，若比伤春意未多

这场翻天覆地的变故虽然令人心摧，但如果比起伤春的感伤来还不算多。在诗人看来，甘露事变固然令人痛心疾首，但是更令人伤感的还不是这件事情本身，而是王朝之春即将远逝。整个国家看不到希望，个人的前途也是一片黯淡，大唐的春天已经过去了，自己的春天遥遥无期，诗人如何不感伤？"伤春"，在李商隐的诗歌语汇中占有特别重要的地位，曾被他用来概括自己诗歌创作的基本主题。这里不是指伤春悲秋的一己情怀，而是特指伤时感乱，为国家的衰颓命运而忧伤。

评 解

这首诗借曲江今昔的对比暗寓时事，通过甘露之变抒写伤时感乱之情。诗人的着眼点并不仅限于对甘露事变本身的感慨，而是从这一事变后昔荣今衰的对比中，看到国运将倾的趋势。这正是本篇思想内容比一般的单纯抒写时事的诗深刻的地方，也是它的风格特别深沉凝重的原因。

　　杜甫的《哀江头》曾借曲江的今昔之别来抒发国家残破的感伤。李商隐的这首诗学杜甫，深得杜诗的神韵，但又有自己的特点。其感情虽由具体的事件引发，却扩展为一种整体的浑融的感伤情绪，与他后来诗篇中往往由具体生活中的挫折伤感，而扩展为对整个人生世情的感慨是一贯的。

《设色山水图》局部　宋代·马远

无题二首（其一）

昨夜星辰昨夜风，
画楼西畔桂堂东。
身无彩凤双飞翼，
心有灵犀一点通。
隔座送钩春酒暖，
分曹射覆蜡灯红。
嗟余听鼓应官去，
走马兰台类转蓬。

题解

无题诗是李商隐的首创，他共写有二十多首。对于这些无题诗，历来争论较大，胡适曾说"争论上千年，谁也不明白"。有人认为是政治"寓言"，借写爱情寄托伤时忧国的情怀。有人则认为写的都是真实的事，不过是用了比较隐晦的笔法而已，如有的是向朋友哀告求官的自白，有的是诗人秘密的恋爱记录。

清代纪昀说："《无题》诸诗，有确有寄托者，'来是空言去绝踪'之类是也；有戏为艳体者，'近知名阿侯'之类是也；有实有本事者，如'昨夜星辰昨夜风'之类是也；有失去本题而后人题曰《无题》者，如'万里风波一叶舟'之类是也；有与《无题》诗相连、失去本题、偶合为一者，如'幽人不倦赏'一首是也。宜分别观之，不必概为穿凿。其摘诗中二字为题者，亦《无题》之类，亦有此数种。"此说甚是。

这是一首有作者自己直接出场的无题诗，抒写对昨夜一度春风、旋成间隔的意中人深切的怀想。原题二首，另一首是七绝，其中有"岂知一夜秦楼客，偷看吴王苑内花"的诗句，看来诗人所怀想的对象可能是一位贵家女子。

这首诗大约作于李商隐任职秘书省期间。李商隐曾经两度任职秘书省，第一次是开成四年（839），第二次是会昌二年（842），第二次任职不久就离职服丧，直到会昌五年秋才重返秘书省。所以这首诗可能作于开成四年或会昌二年，也可能作于会昌六年。从其中透露出的身世沉沦、漂泊无依的情绪来看，时间应该比较靠后一些。

句解

昨夜星辰昨夜风，画楼西畔桂堂东

这是一个美好的回忆，但诗人没有叙写具体情事，只是烘托出一种富于暗示性的环境气氛：昨夜星光灿烂，和风习习，我们相会在画楼西面、桂堂东边。绘彩的画楼、流香的桂木之堂，把柔美的夜晚点缀得无比香艳旖旎，空气中充溢着令人沉醉的温馨气息。"昨夜"未必实指，只是一种追忆。那样的夜晚、那样的温情，历历在目，如在昨天。"画楼"与"桂堂"，极力渲染着相会场所的靡丽，似乎在暗示着这段浓得化不开的艳情。两个"昨夜"相连而咏，上下两句蝉联而出，于圆转流美之中道出了缠绵，使得对昨夜的追忆抒情气氛更加浓郁了。最普通的时间与地点的交代，都因这段恋情而变得如此的蕴藉与精致，这确实是一个美丽的开始！

身无彩凤双飞翼，心有灵犀一点通

自己身上尽管没有彩凤那样的双翅，得以飞越阻隔，与对方相会，但彼此的心，却像灵异的犀角一样，自有一线相通。彩凤比翼双飞，象征着美满的爱情。然而，不知由于什么原因，诗人与相爱的人之间存在着阻隔。他们近在咫尺，却如同相隔天涯；一夕相会，又旋即分别。无论是当时的感受，还是事后的追忆，都让人倍受煎熬却又无可奈何。

虽然苦于无法接近，无法有更多的表白，但两人分明感受到了一种情意相通、心心相印的默契。一个眼神，一个微笑都是那样的情意绵绵。用"心有灵犀"来比喻双方心灵的契合与感应，是诗人的独创和巧思。古人认为犀牛是一种灵兽，犀牛角中有一条白纹，像白线一样贯通上下两端，感应灵异，故称为"灵犀"。

两句中"身无"与"心有"相互映照，相互生发。相爱的双方不能会合，本是深刻的痛苦，但心则相通，却是莫大的慰藉。诗人所要表现的，并不是单纯的爱情间隔的苦闷或心灵契合的欣喜，而是间隔中的契合，苦闷中的欣喜，寂寞中的慰安。尽管这种契合的欣喜中不免带有苦涩的意味，但它却因身受阻隔而显得弥足珍贵。

隔座送钩春酒暖，分曹射覆蜡灯红

隔着座位互相传递着弯钩，只觉得春酒暖人。分组一块行酒嬉戏，只看见红烛摇摇。与相爱的人没有机会单独在一起，借助于集体活动稍稍亲近也自兴奋异常。他们该是如何含而不露地眉目传情，如何暗自欣喜、满怀柔情。此时，即使酒不醉人，人也该自醉了，心里怎不荡漾着暖意？再看那烛光，红彤彤的，本就亮着喜庆，伴着热闹，再映着心上人的眉目笑语，又怎不让人欢愉沉醉？那醉人的情愫啊，直叫人反复咀嚼、回味！一个"暖"字，一个"红"字，渲染出一片温暖的色调，传达出一份绵绵的情意，更把久经寂寞的诗人的沉醉展现得格外分明。

"送钩"也叫藏钩，是古人行酒时玩的一种游戏。玩游戏的时候把人分成两组，藏钩于手中，暗相传递，最后让对方猜钩子在谁手里，猜不中就罚酒。诗人和意中人本是隔着座位而坐，心有意而口难开，便借着"送钩"的机会，偷偷地彼此传递着情意。"射覆"也是饮酒时玩的一种游戏，就是把东西藏在器物里，让别人猜，猜错了就罚酒。"射"是猜的意思。"分曹"就是分组。

嗟余听鼓应官去，走马兰台类转蓬

可叹我啊，听到五更鼓响，又该上朝了。策马赶往兰台，感觉自己宦海漂泊，身不由己，就如同那随风飘转的蓬草。"听鼓应官"，唐制，五更二点，城内击鼓，坊市开门。鼓响天明，即须上班应差。"兰台"，是汉代皇宫保存秘籍图书的地方，这里指秘书省，李商隐当时正在秘书省供职。

诗的最后两句，将爱情间隔的惆怅与身世漂泊的慨叹融合起来，不但扩大了诗的内涵，而且深化了诗的意蕴，含有自伤身世的意味。诗写的是爱情，但这种人生的怅惘与无奈，已经远远超出了爱情的范围。

评 解

李商隐的无题诗大多以爱情为题材，风格绮艳，于繁艳密丽中透出悱恻缠绵，旨趣遥深，含蕴朦胧，似可解又实不可解，总让人有猜谜的冲动。诗人重在表达一种意绪，往往打乱正常的时空次序，将缠绵无绪、微妙低回的情思在虚虚实实、回环往复、曲折幽微中表现出来，跳跃性较大。这首无题诗就具有一定的代表性。

全诗场景多变，意绪纷繁而又感情丰富、深沉。起句回忆往昔欢会的情景，在看似平常的时间和地点的叙述中，传达出一种沉醉和深情。三四句又似乎稍稍跳出了"昨夜"，站在今天两两相隔的角度追述当时的痛苦与欣慰。颈联再次回到当时的场景之中，着意渲染热闹欢愉的情形。最后两句突然一落千丈，化欢情为感伤，把身世飘零之感融入爱情未果之中，让人感叹回味。

前面写得越是温情、越是沉醉、越是销魂，就越是令人断肠。灯红酒绿与孤独凄凉，热闹欢愉与冷清劳顿，两个场景，一繁华一冷清，形成强烈的反差。这已不仅仅是一时一地的感伤，不仅包含着爱情的迷离，还有事业的零落与人生的无奈。所有的文字都是以诗人的情感变化连缀而成，一气呵成，于迷乱繁艳之中见凄美。

《设色山水图》局部　宋代·马远

无题四首（其一）

来是空言去绝踪，
月斜楼上五更钟。
梦为远别啼难唤，
书被催成墨未浓。
蜡照半笼金翡翠，
麝熏微度绣芙蓉。
刘郎已恨蓬山远，
更隔蓬山一万重。

题 解

　　《无题四首》包括两首七律，五律、七古各一首，体裁不一。有人认为这四首诗不是同时所作的组诗，也有人认为其中有内在的联系，具体写作时间也不易确定。

　　这首诗是其中的一首七律，历来争论较多。有人说是诗人思念情人的情诗，有人说是女主人公对情人的思念，有人说是写给亡故妻子王氏的悼亡诗，有人说是通过爱情来寄托诗人与令狐绹的关系，还有

《远山岗峦图》局部 清代·王鉴

人说抒发的是君臣际会无期的慨叹。可以说，这是李商隐无题诗中最难索解的诗篇之一。

哪怕不知其背后的深意，我们依然能够强烈地感受到李商隐爱情诗那典丽的语言、往复的结构和灼热的感情。从字面上看，这首诗浓墨重彩地描写了诗人对远隔天涯的心上人的思念。

句 解

来是空言去绝踪，月斜楼上五更钟

你曾说要来相会，结果却是一句空话；自从分别之后，你就不见了踪影。我思念着你啊，夜不成寐，但见窗外朦胧的月光斜照高楼，远处传来悠长而凄清的五更钟声。天快亮了，主人公又度过了一个寂寞清冷、相思难耐的不眠之夜。

也有人认为，第一句是写梦中相会的情景。梦境是虚幻的，所以说"来是空言"；梦醒后幻影消失，所以说"去绝踪"。第二句写梦醒后的情境，月光斜照，晓钟在耳，传达出清冷惆怅的情味。

梦为远别啼难唤，书被催成墨未浓

日思夜想，终于相见，不过是在梦中。然而就是这虚幻的相聚，也充满了痛苦。主人公梦到两人远别，自己不胜悲伤地啼哭起来，他拼命呼喊，却叫不出声来。醒来后，喉咙哽塞，泪痕犹在。相爱的人最盼长守，最怕别离。这样的梦，正反映了远别所造成的深刻的心灵伤痛，也更强化了刻骨的相思。

梦犹如此，人何以堪！主人公再也按捺不住了，他不假思索地走到案前，奋笔疾书，要把自己的思念与孤苦写成信，告诉她！写完之后回头再看，才发现墨迹是这样的轻淡，原来自己心急情切，连墨都还没有磨浓。墨虽淡，情深浓，区区纸墨又怎能诉尽满腹相思！这样的细节描写，完全符合主人公当时的心境，很富生活实感。

蜡照半笼金翡翠，麝熏微度绣芙蓉

梦醒书成之际，残烛的黯淡余光半照着用金线绣成翡翠鸟图案的帷帐，芙蓉褥上似乎还依稀浮动着麝熏的幽香。"蜡照"，即烛光。"半笼"，即半掩。"金翡翠"，一说是睡觉时用来遮挡烛光的绣有金丝翡翠鸟的灯罩。"麝熏"，古代用雄麝的分泌物制成香料，用来熏被帐衣物。这里指麝香的芬芳气味。"度"，透过的意思。"绣芙蓉"，指绣有芙蓉花图案的被褥或帷帐。

颈联对室内环境气氛的描绘渲染，是实境与幻觉的交融，很富象征暗示色彩。"金翡翠""绣芙蓉"，本来就是往昔美好爱情生活的象征，在朦胧的烛光照映下，更笼罩上了一层如梦似幻的色彩。刚刚消逝的梦境和眼前所见的室内景物融成一片，恍惚中几疑梦境是真实的存在，甚至还仿佛可以闻到飘散在被褥上的余香，日夜思念的人真的来过？这自然只是一刹那间产生的幻觉。幻觉一经消失，随之而来的就是室空人杳的寂寥和怅惘，往事不可复寻的感慨。

刘郎已恨蓬山远，更隔蓬山一万重

当年的刘郎，早已怨恨蓬莱的遥远。而我心中的你呵，更在那与蓬山相隔万千重的地方！"刘郎"和"蓬山"，表面上是指汉武帝刘彻派人去蓬莱求仙的故事,实际上是用刘义庆《幽明录》中刘晨遇仙的典故。东汉的刘晨和阮肇到天台山采药,后来迷了路,遇见两位年轻貌美的女子,与她们共同生活了半年之后返回家乡,发现自己的子孙都已经历七世了,这才知道自己遇上了仙女,等到再回天台山找她们时,早已不见踪影。李商隐以刘郎自比,暗示自己与心上人本来就存在阻隔,相会无期,现在会合的希望就更加渺茫了。

评 解

李商隐的爱情诗总是以意传情,虚多实少。看似意象繁多,细寻起来却是处处云遮雾绕。这首诗围绕"远别",抒写与心上人爱情阻隔、相见无期的痛苦。作者时而写梦,时而回到现实,将梦境与实境杂糅在一起,既具体又模糊,既沉重又飘忽,于朦胧之中见渺茫,于繁艳之中见凄凉。恰恰是这种如梦如织、真幻莫辨的含糊把梦一般的爱情与人生表达得真切而生动。

诗人淡化了时间,淡化了地点,淡化了事件,却突出了一种情绪,一种思慕至深而杳远难寻的失落。曲折的结构、精美绮丽的语言、含蓄朦胧的意境,让人似懂非懂,只觉情深缈缈,韵味深长。诗歌的张力在这知与不知之间迅速地突现。

《设色山水图》局部　宋代·马远

无题

相见时难别亦难，
东风无力百花残。
春蚕到死丝方尽，
蜡炬成灰泪始干。
晓镜但愁云鬓改，
夜吟应觉月光寒。
蓬山此去无多路，
青鸟殷勤为探看。

题 解

　　李商隐以"无题"为标题的诗大约有二十首，其中除"万里风波一叶舟"外，皆以爱情为题材。其中最为人们喜爱的是"相见时难别亦难""昨夜星辰昨夜风"这些寄托痕迹似有似无的作品。这些诗有着浓厚的悲剧色彩，基调凄婉，多抒写爱情生活中的离别与间阻、期待与失望、执着与缠绵、苦闷与悲愤。牵情寄恨，情真理至，是李商隐抒情诗中最杰出的作品。

句 解

相见时难别亦难，东风无力百花残

相见多么不易，离别更是难舍难分；分手作别时，东风无力，百花凋残。相爱的人恨不能朝朝暮暮，时时厮守，然而由于某种原因的阻隔，连见上一面都很难。长久的魂牵梦绕，终于盼来了相聚。短暂的甜蜜幸福之后，又是无奈伤心的离别。这一别，不知何时再能相见，又要饱尝多少相思之苦！这一别，该是怎样的难分难舍，又该有多少情愁离恨！其实，不仅情人如此，人生的聚散离合又何尝不是这样呢？

曹丕《燕歌行》"别日何易会日难"，宋武帝《丁都护歌》"别易会难得"，都是说聚少离多。的确，人生相聚，往往要费些周折，有些机缘，故谓"相见时难"。而在分别时，只消挥一挥手，便可从此天各一方，长久分离。李商隐将"别易"化用为"别难"，在含意上进了一层，道出了人在分别时情感的煎熬，正因为相会如此难得，分离才愈加痛彻心扉。

人在承受离别之痛时，自是黯然伤神，满目皆悲。只见东风微弱无力，满目残花败叶。有人说这点明了分手的时间是在暮春时节。其实无论何时何地，两爱相合都会使人感到心灵的温暖、精神的振奋，而离别不论发生在哪个季节，都会使人精神无着，情绪低落，外在的自然景物也会一下子失去光彩。

春蚕到死丝方尽，蜡炬成灰泪始干

春蚕只要有一丝气息，它就吐丝不绝；蜡烛直到完全成为灰烬，它的泪方才流干。诗人没有直接去抒发自己的感情，而是借助这样两个形象，赋予它们以人的性格和意志。诗人说，自己对于爱人的思念，如同春蚕吐丝，绵绵不绝，到死方休；而天各一方、不能相聚的痛苦，则无休无止，仿佛蜡烛不到燃为灰烬，烛泪就不会终止一样。

　　这两句充满了悲剧情调，但正是在这种仿佛绝望的悲哀痛苦中透露出感情的坚韧执着。明知思恋的痛苦、追求的艰难、前途的渺茫，却仍然心甘情愿，承受煎熬，虽九死而不悔。诗人将缠绵悱恻的深情和生死不渝的执着推向了极致，从而赋予诗句以感发人心的强大力量。清人赵臣瑷给这两句诗以非常高的评价，说："言情至此，真可以惊天地而泣鬼神。"

　　以春蚕之"丝"暗含相思之"思"，本是民歌中常用的手法，南朝乐府中就有"春蚕不应老，昼夜常怀丝。何惜微身尽，缠绵自有时"的句子。而用烛泪比喻相思的煎熬，在南朝乐府中也很常见，如王融的"思君如明烛，中宵空自煎"，陈叔达的"思君如夜烛，煎泪几千行"等。李商隐化用前人诗句，但更加精炼动人，将这样两个习见的自然现象打造成吟诵千载的不朽名句。

　　这两句诗既具体又抽象，既精微又深刻，既朦胧又真切。缠绵悱恻的情思、生死不渝的信念，既是写相思，又不仅仅止于此，它已经超越爱情而具有执着人生的永恒意义。后人常引用来比喻一个人献身于高尚理想、事业的至诚与忠贞。

晓镜但愁云鬓改，夜吟应觉月光寒

　　"晓镜"，早上起来照镜。"云鬓"，形容女子的乌发像云一样细密柔软。这两句推己及人，想象爱人也会和自己一样饱受相思之苦。因为痛苦的折磨，夜晚辗转不能成眠，她早起对镜梳妆时发现自己秀发脱落，容颜憔悴，该是多么忧虑和哀愁。夜深人静时，她独自一人在月光下沉吟思念，但是愁怀深重，无从排遣，所以愈发感到环境凄清，月光寒冷。月下的色调是冷色调，这是借生理上冷的感觉反映心理上的凄凉之感。"应"字是揣度、料想的口气，表明这一切都是自己对于对方的想象。诗人的心绪由思念者一方转向远方的被思念者，而被思念者又正在思念远方的思念者，诗歌的时空和情感回环往复，令人徘徊留连，不能自已。

蓬山此去无多路，青鸟殷勤为探看

对这两句诗人们有不同的理解。一种是说：好在你的住处并不遥远，希望今后多多修书于我，权当是对我的探望吧。"蓬山"，即海上的蓬莱仙山，这里代指对方的住处。"青鸟"，相传为西王母的信使，这里代指书信。

另一种解释则认为：蓬山是形容对方所在遥远，很难相见；青鸟是诗人幻想的使者，既然会面无望，于是只好请使者为自己殷勤致意，去探望魂牵梦萦的恋人。这是借用神话传说聊作宽解，是无望中的希望，足见情之深挚。

蓬山和青鸟都是道教中的典故，因此有人认为这首诗写的是李商隐年轻时与女道士宋华阳的恋情。

评 解

  我国古代不少爱情诗的作者，往往以一种玩赏的态度来对待女子及其爱情生活。李商隐则是以一种严肃的而不是轻佻的态度来写爱情，写女性。他把爱情纯化、升华得如此明净而又缠绵悱恻，在古代诗歌中是罕见的。他的诗表现了美好的理想、情操，表现了人性中纯正、高尚的一面。在艺术上，李商隐的爱情诗往往将比兴、象征和寄托融合在一起，使得诗歌内蕴和诗歌意象的暗示性大大增强，形成诗境朦胧、色调凄艳、幽眇曲折的艺术特征。

  这首诗是李商隐无题诗中吟诵最广的一首。它意蕴深沉，格调高洁，凄美纯真，从头至尾都融注着痛苦、失望而又缠绵、执着的感情。诗中每一联都是这种感情状态的反映，但是各联的具体意境又彼此有别。它们从不同的方面反复表现着融贯全诗的复杂感情，同时又以彼此之间的密切衔接而纵向地反映以这种复杂感情为内容的心理过程。这样的抒情，联绵往复，细微精深，成功地再现了心底的绵邈深情。

《设色山水图》局部　宋代·马远

代赠二首（其一）

楼上黄昏欲望休，
玉梯横绝月如钩。
芭蕉不展丁香结，
同向春风各自愁。

题 解

　　代赠，即代拟的赠人之作。《代赠》共二首，这是第一首。第二首为"东南日出照高楼，楼上离人唱石州。总把春山扫眉黛，不知供得几多愁"，也是以女子的口吻写与情人离别的愁思。具体的写作时间已不可考。

句 解

楼上黄昏欲望休，玉梯横绝月如钩

　　"楼上黄昏"，点明时间是薄暮时分，地点是在高楼之上。在中国古代诗词作品里，这样的环境有很强的暗示性，往往用来点染离愁与相思。如李白的"暝色入高楼，有人楼上愁"，就是在这样一种意境中展开。主人公在黄昏时分登上高楼，想凭栏远眺，最终却凄然作罢。"欲望休"一本作"望欲休"。"休"，即停止、罢休之意。为什么欲望还休呢？答案隐藏在下一句里。

"玉梯"，楼梯、阶梯的美称。"横绝"，即横度。南朝诗人江淹《倡妇自悲赋》写汉宫佳人失宠独居，有"青苔积兮银阁涩，网罗生兮玉梯虚"之句。"玉梯虚"是说玉梯虚设，无人来登。此诗的"玉梯横绝"，是说玉梯横断，无由得上，喻指情人被阻，不能来此相会。原来，主人公渴望见到心上人，情不自禁地要上楼眺望；突然想到他不能前来，于是停下了脚步。唉，不望也罢，免得再添一段新愁。就在这迟疑进退间，天上一弯新月洒下淡淡的清辉，将她的无限思念与失望投射在孤寂的身影中。"月如钩"，一作"月中钩"，不仅烘托了环境的寂寞与凄清，还有象征意义：月儿的缺而不圆，就像是一对情人的不得会合。

芭蕉不展丁香结，同向春风各自愁

愁人眼里无春色，抬头望月，新月如钩。低头近观，只见芭蕉树的蕉心还未舒展，丁香树上尽是缄结不开的花蕾；它们共同对着黄昏时清冷的春风，各自含愁不解。这既是主人公眼前实景的描绘，同时又是借物写人，以芭蕉喻情人，以丁香喻女子自己，隐喻二人异地同心，都在为不得与对方相会而愁苦。

芭蕉未展、丁香未开本是客观的自然景物，无所谓愁，但在主人公眼里却是满目哀愁。这是因为心中有愁，所以蕉叶难以舒展；

满腹是恨，故而花瓣怨结难开。人之愁极，故而触目伤情，而触目之悲更添离人之恨。这两句诗移情入景，借景写情，设喻精巧，融比兴象征为一体。

诗人用不展的芭蕉和固结的丁香来比喻愁绪，不仅使得抽象的情感变得可见可感、具体形象，更使得这种比况具有某种象征的意味。不展的芭蕉与固结的丁香，不仅是主人公愁绪的触发物，作为诗歌的意象，又成为其愁思的载体和象征。

这两句意境优美，音情摇曳，把"一种相思，两处闲愁"的两地徘徊表现得兴味悠长，多少情思尽在其中。清人陆鸣皋说："妙在'同'，又妙在'各自'，他人累言不能尽者，此以一语蔽之。"赞叹的就是这两句诗的含蕴不尽。

评解

这首诗写离愁，写得风华流美，情致宛转。不但写女主人公无心凭栏远眺，而且连眼前的芭蕉和丁香都含愁不解，愈添感伤。纪昀评价此诗是"艳体之不伤雅者"。尤其是诗歌的后两句，景与情、物与人融为一体，意境优美，含蕴无穷，又毫不造作，历来为人称道，对后来一些诗词名作的构思、意境都产生了深远的影响。如钱珝的"芳心犹卷怯春寒"，李璟的"丁香空结雨中愁"，乃至现代诗人戴望舒的《雨巷》，都从中汲取过灵感。

《蓬莱仙境图》局部　清代·徐汶

安定城楼

迢递高城百尺楼，
绿杨枝外尽汀洲。
贾生年少虚垂涕，
王粲春来更远游。
永忆江湖归白发，
欲回天地入扁舟。
不知腐鼠成滋味，
猜意鹓雏竟未休。

题解

唐文宗开成三年（838），二十七岁的李商隐参加博学宏词科的考试，结果落了榜，在泾原节度使王茂元的府中做幕僚。这首诗就是他客中登安定城楼遣愁言志的名作。安定城楼，即泾州城楼。泾州，是唐朝泾原节度使府所在地，在今甘肃泾川县北。

古往今来，登高临远的文人骚客总爱赋诗言志。不同遭际的诗人，把酒临风，登高望远，总是思绪飞扬，感慨万千。相似的主题，表现出不同的人生情感和人世感慨，登楼诗成为中国诗歌里颇有意味，颇有深度的一类作品，涌现出大量的千古名篇。那么，当失意的李商隐站在安定城楼上举目远眺时，他又有什么独特的人生感喟呢？

句 解

迢递高城百尺楼，绿杨枝外尽汀洲

高峻绵延的城墙上耸立着百尺高楼，站在高高的城楼上放眼望去，只见婆娑的杨柳之外，是无尽的水边平地。"迢递"，高远绵长。"汀洲"，水边平地。登高远眺，杨柳荫荫，河水清清，洲青沙白，天地是那么广阔，山河是那么壮美，而自己的处境却是这样的局促，满目春色顿时化为满眼的凄迷。一个"尽"字，涵蕴无穷。面对此情此景，诗人不禁悲从中来，道出了自己压抑许久的悲伤。

贾生年少虚垂涕，王粲春来更远游

想当年，贾谊少年才俊，却只能空自垂泪，枉有满怀抱负；王粲才高，亦无用武之地，只能春日远游，写写《登楼赋》，在纸墨之间寄托忧思。这是诗人借贾谊和王粲来暗示自己的人生遭遇。

"贾生"，即贾谊，西汉著名文学家。二十二岁就被汉文帝召为博士，可谓是少年英才。他曾向汉文帝上《陈政事疏》，说道："臣窃惟事势可为痛哭者一，可为流涕者二，可为长太息者六。"

李商隐借"垂涕"来指代贾谊的忧国忧时之情。可惜贾谊的建议不仅没有被汉文帝采纳，而且还遭到排挤，被贬为长沙王太傅，三十三岁即抑郁而死，未得汉室重用，所以说是"虚垂涕"。

王粲，汉魏间诗人，"建安七子"之一。少有才名，十七岁诏受黄门侍郎，因避三国战乱，离开长安到荆州去依附刘表，但一直未受重用。在一个春日，他登上城楼，写下传颂千古的《登楼赋》，抒发内心的抑郁苦闷。"春来更远游"一句是指王粲《登楼赋》中所言"华实蔽野，黍稷盈畴。虽信美而非吾土兮，曾何足以少留！"意思是田野里万物生发，欣欣向荣，虽然确实很美，但毕竟自己寄居异地，有志难申，不可稍留，而当远游。仔细体味，正与李商隐寄居岳父之所，眼望泾州盛景，胸怀挫折之情相通。

贾谊献策之日，王粲作赋之年，都与诗人一般年轻。诗人应博学宏词科考试而落第，其心境与贾谊上书未果一样抑郁愁苦。诗人远赴泾州入王茂元幕府，与王粲一样寄人篱下，流落幕府。万般情怀，便由这两个典故准确地传达出来了。

永忆江湖归白发，欲回天地入扁舟

常想白发年老时归隐江湖，披散头发，驾一叶扁舟，悠游于江湖之间，但需待自己扭转乾坤，回旋天地，建功立业之后。诗人虽然遭遇困顿，可是他的凌云之志并未减退。春秋时范蠡辅佐越王勾践成就霸王之业后，辞去爵位，乘一叶扁舟飘然而去，成为千古美谈。李商隐借用这个典故，表明自己想学范蠡，建功立业，等到功成名就之后便引身而退。"欲回天地"说的是自己渴望有回天之力，以重振李唐王朝。"永忆江湖"强调自己并非贪慕功名利禄，而有功成身退之心。"永"字表达的是诗人毕生的理想,"欲"字可见诗人强烈的用世之心。

这一联历来备受推崇,它不仅对仗工整、气势雄浑,而且具有高度的概括性,代表着中国传统知识分子理想的人生境界:既以治国平天下为己任,又追求淡泊宁静的超远人生。有了前者,才能胸襟开阔,兼济天下;有了后者,就会区别于那些追名逐利之徒。纪晓岚曾经盛赞此联"千锤百炼,出以自然,杜亦不过如此"。

不知腐鼠成滋味,猜意鹓雏竟未休

不料死老鼠被当成美味,而秉性高洁的鹓雏竟然被猜疑个不休。"鹓雏",凤凰一类的神鸟。这一联出自《庄子·秋水》。战国时惠施任梁国相,庄子准备去探望他。有人对惠施说,庄子是想来谋夺你的相位,惠施于是百般防范。庄子听到这事后,就对惠施说:南方有一种叫鹓雏的神鸟,从南海飞往北海。一路上非梧桐树不歇,非竹实不吃,非甘泉不饮。有只猫头鹰刚获得一只死老鼠,看到鹓雏飞过,怀疑它要来抢食,就仰头向它发出"吓吓"的怒叫声。现在你也想用梁国这只死老鼠来"吓"我吗?

诗人巧妙地借用庄子的典故,把本来很难用简短文字表达的意思说得委婉含蓄,耐人寻味。李商隐应博学宏词科考试而落选,与某中书大人"此人不堪"这一含有道德人品的非议有关。诗中所用典故,大概正是对这种猜忌与中伤的愤慨。同时,也可能是讽刺那些企图把持利禄、一力排斥异己的朋党势力。

评 解

　　《安定城楼》是李商隐咏怀诗的代表作，气韵流动，俊逸高迈，历来受到推崇。全诗将忧念国事、抒写抱负、感慨时世、抨击腐朽熔为一炉，虽是传统登临题材，却一反写景抒慨的陈规，仅在首联以登楼远眺发端，以下通篇纯粹抒怀。其中情绪多端，有慷慨，有失意，有激愤，有惆怅，有迷惘，有孤苦。这种繁复的感情、凝炼的语言，使得这首咏怀诗意蕴深厚。

　　李商隐向来以善用典著称。这首诗用典很多，也很成功。由于贾谊、王粲的身世遭遇与诗人有相似之处，以其比拟自己的忧时羁旅之感，便使一位奋发有为又遭受压抑的少年志士形象跃然纸上。同时，作者的隐曲心事，本不可能用片言只字表达出来，而借助庄子寓言，不但足以表明他无意于名利，又反映他睥睨一切的精神状态，还巧妙地反击了对自己的恶意中伤。

　　据《蔡宽夫诗话》记载，王安石晚年喜吟此诗，他说：诗人们都向杜甫学习作诗之法，但真正学得好的人只有一个，那就是李商隐；他的"永忆江湖归白发，欲回天地入扁舟"一联，"虽老杜无以过"。

《挟弹游骑图》局部　元代·赵雍

马嵬

海外徒闻更九州,
他生未卜此生休。
空闻虎旅传宵柝,
无复鸡人报晓筹。
此日六军同驻马,
当时七夕笑牵牛。
如何四纪为天子,
不及卢家有莫愁!

题解

　　马嵬即马嵬坡,在今天的陕西兴平市西面。天宝十五载(756),安史叛军攻破潼关,唐玄宗仓皇逃往四川,走到马嵬坡的时候,随行的将士发动兵变,杀死了权相杨国忠,并迫使唐玄宗赐死杨贵妃。

　　唐玄宗和杨贵妃的故事是中国古代文学史上一个重要题材,歌咏此事的诗词曲赋有很多,其中白居易的《长恨歌》、杜牧的《过华清宫》、洪昇的《长生殿》都是千古名作。唐人写马嵬之变往往

《仿唐寅溪山晴霭图》局部　清代·王翚

把罪责推到杨贵妃身上，以"红颜祸水"为玄宗开脱。李商隐生在已经走向衰败的晚唐社会，对唐玄宗的失政感到特别痛心。他的这首诗便把矛头直接指向了唐玄宗，对他进行了尖锐的讽刺，在思想上和艺术上都别开生面。

句 解

海外徒闻更九州，他生未卜此生休

徒然听说海外另有神仙世界，那不过是虚幻无凭的事罢了；来生究竟怎样，不可预知，而这一世的夫妇关系则肯定完结了。

古代将中国分为九州。战国时邹衍创"大九州"之说，认为中国的九个州总合为一大州，名赤县神州，在海内；而海外另有像赤县神州这样的大州共九个。这里借"海外九州"指传说中的仙境。"更"，再的意思。

唐代陈鸿《长恨歌传》说，唐玄宗赐死杨贵妃之后，日夜思念，就派方士到处寻找杨贵妃的魂魄，最后终于在海外的蓬莱仙山上找到了。杨贵妃托方士捎给唐玄宗信物，还说要实践当年在七夕之夜与君王"愿世世为夫妇"的盟誓。这样的传说当然不可能是真的，不过是人们为唐玄宗与杨玉环的爱情悲剧续上一个虚幻的美满结局，无形中也为唐玄宗开脱了罪责。

这辈子还保不住呢，还奢谈什么下辈子为夫妻的事情！诗人一开头就用"徒闻"否定了为粉饰李杨爱情而编织出来的幻梦，对唐玄宗进行了冷嘲热讽。

空闻虎旅传宵柝，无复鸡人报晓筹

空听到卫兵夜间巡逻的打梆声，再也不能像在宫中那样安然高卧，有人击筹报晓了。诗人抓住最有特征性的事物，烘托出唐玄宗逃难途中的典型环境，其狼狈神态和慌乱心情，依稀可见。

"鸡人"，皇宫里负责报晓的人。"筹"，更筹，用来敲击报时的竹签。安史之乱前，唐玄宗与杨贵妃耽于享乐，"春宵苦短日高起，从此君王不早朝"，宫中虽有鸡人司晨亦是形同虚设。如今，想要按时早朝也不可得了。昔乐今苦、昔安今危的不同处境和心境，跃然纸上，其中含有对太平生活一去不返的惋惜。

"虎旅"，指皇帝的禁卫军。"宵柝"，夜间巡逻用的梆子。这本来是为了巡逻和警卫，以保障皇帝和贵妃的安全。而冠以"空闻"二字，意义就适得其反，暗示着一场兵变即将开始。

此日六军同驻马，当时七夕笑牵牛

当年他们在宫中讥笑牵牛和织女一年只能见上一次，可如今六军不发，只能成为永诀。"此日"，指夜宿马嵬这一天。"六军同驻马"，指禁军哗变后不肯上路，迫使玄宗处死杨妃。"六军"，泛指皇帝的军队。民间传说农历七月七日晚上（七夕），天上的牵牛星和织女星渡过鹊桥相会。据传玄宗与杨贵妃在天宝十载七夕曾对天发誓，愿世世为夫妇。他们认为天上的牛郎织女只能一年聚会一次，而他们自己却可以永世相守，所以说"笑牵牛"。

"牵牛"对"驻马"，以虚对实，不仅属对工整而且对照鲜明，历来被誉为绝对。这样的今昔对比是尖锐、辛辣的。诗人对于李杨的生离死别没有丝毫的同情。如果没有当年对女色的沉湎，对朝政的荒废，怎么会落得今天这样的下场？没有家国，谈何爱情？这两句其实有着因果的联系。还是清人袁枚说得好："石壕村里夫妻别，泪比长生殿上多。"

如何四纪为天子，不及卢家有莫愁

为什么当了四十多年皇帝，连自己的爱妃也不能保全，还不如身为普通人的卢家，能够与莫愁姑娘白头偕老呢？

十二年为一纪，唐玄宗在位四十多年，所以约略说"四纪"。"莫愁"，梁武帝《河中之水歌》的女主人公，洛阳女子，后来嫁到卢家为妻，生活和美。这里用她指代普通的民间妇女，同时也借"莫愁"的字面之义反衬李、杨爱情的"长恨"。

诗的最后两句直接指向唐玄宗，实际上也是对本朝皇帝毫不留情面，可谓大胆。贵为天子，怎么连普通老百姓都不如，连一个女人都保不住？这一问发人深思，不仅如此，还推翻了红颜祸国的偏见，把责任直接归结到唐玄宗身上。一个女人是无法颠覆国家的，正是玄宗晚年的昏庸才导致了安史之乱。

评 解

李商隐的诗歌以对内在心灵深度的开拓为突出贡献，但他对外在的政治时局也是非常关注的。在李商隐现存的六百多首诗歌中，政治诗不下百首，占了六分之一，比重相当高。而他的咏史诗往往以眼光的敏锐、思考的深入历来备受推崇。

这首诗运用倒叙的手法，一反众人对李杨爱情的同情，对唐玄宗的昏庸、虚伪、无能进行了尖锐无情的讽刺。诗歌的每一联都包含着鲜明的对比：贵妃已死与海外招魂的对比；今生已了与来世难知的对比；承平年代鸡人报晓与奔亡途中军旅鸣柝的对比；长生殿里七夕盟誓与马嵬坡前六军驻马的对比；长为天子不能保住一妇人与民间夫妇白头偕老的对比。这一系列的对照寓有深长的意味和沉痛的感慨，处处寄寓对玄宗"早知今日，何必当初"的惋惜与指责。

落 花

高阁客竟去,小园花乱飞。
参差连曲陌,迢递送斜晖。
肠断未忍扫,眼穿仍欲稀。
芳心向春尽,所得是沾衣。

题 解

　　会昌二年(842),李商隐入秘书省不久,母亲去世,诗人辞职回乡守丧。在闲居永乐(今山西芮城县)的这段时间,诗人栽植了不少花草,创作了不少咏物诗。这首诗即借园中落花隐约曲折地吐露自己的伤春情怀。

《落花诗》局部　明代·唐寅

句 解

高阁客竟去，小园花乱飞

高楼里的客人都走了，小园里的落花四处飘飞。这样的景色本来很平常，似乎人皆可道，并不新奇。妙就妙在诗人先写客人的散去，仿佛是因客去花才乱飞，这样落花也就成了有情物，意味变得深长起来。落花是一种自然现象，客在之时当然也会飞，只是主人浑然不觉而已。待到人去楼空，客散园寂，寥落孤独之感油然而生，惆怅之情袭上心头，诗人这才注意到满园落英，并生出惜花之情。"竟"和"乱"二字，传达出惜花者心绪的惆怅和纷乱。

这种有意的颠倒不仅写了花，也写了人，突出了人的情绪，故而清人何焯说起句"超忽"，纪昀也指出"得神在逆折而入"。

参差连曲陌，迢递送斜晖

落花四处纷飞，点缀连接着弯弯曲曲的小路；它们绵绵不绝，飘个不休，直到送走夕阳。这两句分别从空间和时间着眼，描写落花飘洒弥漫之广；既是实景，更是诗人长时间注视之后的心中之景。

落花送斜阳，诗人又在斜阳中送落花，此时此刻，诗人的内心一定不平静。"落花"和"斜晖"仿佛同人一样充满感情，它们恋恋不舍，不忍离开，又像是在同谁告别。诗人十分敏感地捕捉住这富有特征的景象，使整个画面笼罩在黯淡的色调里，透出了诗人心灵的伤感和悲哀。他的一片伤春之意也就随着夕阳之下身影的拉长而渐长。

肠断未忍扫，眼穿仍欲稀

眼见无限娇妍就此零落，惜花之人柔肠寸断，以至不忍扫去落花。他巴望着花瓣不要再落，可是哪怕望眼欲穿，枝上残留的花朵依然越来越稀疏。

这句在前面描写的基础上，直接抒发了诗人的情感。诗人在作于同年的《春日寄怀》中倾吐自己的孤独苦闷说："纵使有花兼有月，可堪无酒又无人。"有花月相伴尚且不堪寂寞，何况春去花落，痛苦自不待言。难道令诗人断肠的仅仅是落花吗？看了后面两句就知道了。

芳心向春尽，所得是沾衣

花朵将一片芳心毫无保留地献给了春天，用自己的生命装点了大地，可最终得到的，不过凋零残败、沾人衣裳的凄凉结局。

这两句语意双关，低回凄婉，感慨无限，已不只是一般的怜花惜花，而是诗人自身的写照。诗人素怀壮志，一心要在政治上有所作为，却屡遭挫折，报效无门，所得只有悲苦失望，泪落沾衣而已。何焯说，这个结尾无限深情，"得"字更是用得高妙。诗人追问得到的是什么，真意其实是"失"，落花失去了青春，春天失去了美丽，而人呢？

评 解

落花诗在唐诗中并不少见，但大多或单纯表现怜花惜花的情绪，或抒发及时行乐的感慨。以落花寄寓身世之感，不靠比附，而将二者融合得如此无间、表现得如此哀怨动人的，还是少数。清人刘熙载《艺概》中提出咏物诗应该做到"不离不即"，就是既要切合于物，又要在咏物中表现作者的情思。李商隐的咏物诗很好地做到了这一点。他善于用那支充满情思的彩笔，在体贴物情的同时，委婉曲折地透露心迹，而且又能缘情而异。

　　以诗咏落花，极易滞于诗题，流于香艳浓丽。而李商隐这首诗格调高雅，全无脂粉之气。诗中纯用白描的手法，没有刻意的描摹，没有艰深的典故，更没有华丽绚美的辞藻，却纤丽动人，透出淡淡的感伤。第一联和最后一联构思巧妙，语淡情深，尤受诗家赞赏。

《荷香清夏图》局部　宋代·马麟

晚 晴

深居俯夹城,春去夏犹清。
天意怜幽草,人间重晚晴。
并添高阁迥,微注小窗明。
越鸟巢干后,归飞体更轻。

题 解

  公元九世纪上半叶,因政见、利益不同等原因,唐朝曾出现长达四十年的"牛李党争"。李商隐最初受到牛党中人令狐楚的赏识,后来入李党中人王茂元幕府,并娶其女儿,遂陷入党争,受到牛党的忌恨与排挤。唐宣宗即位后,牛党当权,李商隐更觉朝政日非,仕途黯淡,生活也较为窘迫。宣宗大中元年(847),郑亚遭贬赴桂州(今广西桂林)任职,聘李商隐做幕僚。这首诗就是李商隐初到桂林时所作。它描写了当地初夏晚晴的景象,展现出清净而富于生机的画面,委婉地反映出诗人愉悦欣慰的心境,在其诗作中较为少见。

句解

深居俯夹城，春去夏犹清

诗人在桂林的寓所，居处幽僻，俯临夹城。一天傍晚，他登楼四望，明媚的春天已经过去，但他并无伤春之意，去便去罢，这初夏正清和怡人。大概因为初来乍到，南方的山水、气候、风物，给了他新鲜明净的感觉。一个"清"字，传达出的信息是很多的，让人感到有清风掠过，呼吸到清新的空气，看到清丽的山水，享受清静的时光。此时，诗人也自是身心清爽。

"夹城"，原指京师宫苑在主城外修筑的副城，但这里显然不是；可能是指瓮城，在大城门外，用以增强城池的防御力量。

天意怜幽草，人间重晚晴

雨后夕照辉映，仿佛老天有意怜惜那生长在幽暗处的小草，让它沐浴阳光，而人们也更珍重这傍晚时的晴天。南方之地，夏季多雨，人为久雨所苦时，自然盼望天晴。诗人登楼临览的这个傍晚，云收雨散，太阳出来了，被雨滋润过的万物焕然一新，充满着蓬勃向上的生机，人的精神也为之一振。对"天意怜幽草"一句有不同的理解：一种认为指晴，意思是久遭雨涝之苦的幽草，忽遇晚晴，得以沾沐余晖而平添生意；另一种认为指雨，意思是与人世间对晴天的喜爱不同，多雨的天气却是上天对小草的恩赐。前一种理解是意义的顺承，而后一种则是意义的逆接。

晚晴虽然美丽，却很短暂，人们常在赞赏留恋的同时，对它的匆匆流逝感到惋惜与惆怅。但诗人并不像后来的《乐游原》那样发出沉重的叹息："夕阳无限好，只是近黄昏。"此时，在诗人眼里，上天是有情的，人是有情的，世界是美好的，而这一切，皆是因诗人对生活充满了感情和热爱。他是以欣赏的眼光来看世界。上天连不为人注意的小草都怜惜有加，那么像自己一样的才智之士，朝廷又怎么会弃置不用呢？这两句暗寓了诗人的身世之感和相信自己必将有用于世的信心。这也正是对自屈原以来"托芳草以怨王孙，借美人以喻君子"的艺术传统的化用和继承。

"晚晴"本为一种天气状态，后来被赋予人生意味，成为对老年人的代称。"人间重晚晴"则用以比喻社会上尊重德高望重的老前辈。

并添高阁迥，微注小窗明

雨后天晴，云烟尽散，放眼望去，视野较之朦胧阴雨中开阔多了，也看得更远了，诗人所处楼阁与远处景物的距离仿佛增添了许多。"并"，更加。"迥"，远。此时，夕阳的余晖流泻在小窗上，光线微弱，故说"微注"。但这一脉斜晖毕竟来到了，仿佛照到了诗人的心上，有一种柔亮、平和而熨帖的感觉。

雨后新晴，诗人本就喜悦；登高远望，更让人心胸开阔，一切愁情烦事尽去。这一联通过对晚景的具体描绘，写出了一片明朗欣喜的心境，把"重"字具体化了。

越鸟巢干后，归飞体更轻

"越鸟"，南方的鸟。桂林古为百越之地。宿鸟归飞通常是牵动旅人的羁旅乡愁的。古诗中有"越鸟巢南枝"，说的是南方的鸟儿连巢都筑在树的南枝上,表达了身在异乡的游子对故土的思念和眷恋。作者化古诗而反用之。你看,风雨过后,天晴了,巢干了,鸟儿又可以回到温暖的家了。它们因此而欣喜,连身体都变得更加轻盈。诗人不是鸟儿,不知鸟儿所思所想。他是把自己的心情移化在了鸟儿的身上,鸟儿体态轻盈,仿佛也和诗人一样心情轻快。此时,诗人大概也觉得自己摆脱了各种纷扰,心有所归吧。

评解

就在赴桂林途中,商隐对自己前途还忧心忡忡,一路写下了不少触景感怀之作。初到桂林,南方异乡风物和"甲天下"的山水美景,给商隐带来许多新鲜喜悦的感受;同时,由于远离京城政治是非之地,府主郑亚又较为器重,诗人大概觉得身有所托,心有所依。诗中明净清新的境界和生意盎然的景象,正表现出诗人当时欣慰愉悦、明朗乐观的情绪心态。

诗人将自己的独特感受融合在对晚晴景物的描写之中,景物与诗情、哲理融为一体,自然浑成,不着痕迹。与盛唐众多诗人热情奔放的表达方式不同,李商隐的感情细腻绵邈,表达方式婉曲含蓄,再加上比兴象征的巧用、别出心裁的用典,使得诗歌具有一种令人回味无穷的魅力。

蝉

本以高难饱,徒劳恨费声。
五更疏欲断,一树碧无情。
薄宦梗犹泛,故园芜已平。
烦君最相警,我亦举家清。

题 解

历代咏蝉诗佳作颇多,虞世南的"居高声自远,非是藉秋风",借蝉声之远来歌咏蝉的居高身正。骆宾王的"露重飞难进,风多响易沉",借蝉的艰苦寄寓自己的凄苦沦落。李商隐的这首咏蝉诗融入了诗人本人的人生境遇和精神意绪,诗中的蝉也就是自己的影子。

《卧游图》局部　明代·沈周

句 解

本以高难饱，徒劳恨费声

蝉本来就因栖息于高枝，难得一饱；它鸣叫不停，却不受理睬，真是白白辛苦，怨恨无穷啊。"以"，因。古人误以为蝉餐风饮露，所以说"高难饱"。"费声"，指鸣声频频。

就真实情况而言，蝉并非是因身在高处，不肯飞下来乞食而"难饱"；它的鸣叫声中也没有什么恨意，这完全是诗人自己的理解与感受，是其身世之感的寄托。"高"，语义双关，喻指人的品格高洁。

诗人自许清高，不肯屈就，结果只落得生活困顿，这不就是"高难饱"吗？他曾向令狐绹等当权者陈情，希望得到他们的理解和帮助，可最终还是不被人理会，依旧无法摆脱仕途坎坷的困境，这难道不是一场"徒劳"吗？在这里，蝉已经完全人格化了，诗人分明是借其表达自己艰难的身世和处境，所以纪昀说开头两句是"意在笔先"。

五更疏欲断，一树碧无情

蝉彻夜悲鸣，叫到五更天，已是声嘶力竭、稀稀落落，快要断绝了。可是那些树呢，依旧碧绿青翠，任凭蝉叫得如何凄苦动人，也是无动于衷，真是无情啊！

蝉声与树木的碧绿本来是毫不相干的，诗人却责怪树木的冷酷无情。显然，这同样是在寄托自己的身世遭遇，抒写自己的哀告无门、受人冷落。曾经有过深交的令狐绹等人本来是可以帮助李商隐的，可是，他们不仅没有伸出援助之手，反而处处排挤打击他。在这样的境况下，诗人怎能不怨恨与激愤。

薄宦梗犹泛，故园芜已平

这两句转向诗人自叙：我职卑禄薄，到处漂泊，早已丢下的家乡田园，已是一片荒芜。

《战国策·齐策》里有一则故事，桃偶讥笑泥人："你是用泥土做成的人形，一到发洪水的时候，你就完了。"泥人说："我是西岸土做的人，洪水来了，尽管我会没了人形，但我还可以被冲回西岸家乡去。而你呢，你是东国桃木做成的人，洪水一来，你还不知道漂泊到哪里去呢！"后来就用"梗泛"来比喻漂泊无定的生涯。"梗"，树木枝条。"泛"，漂流。李商隐长年辗转于各地为他人做幕僚，职位卑微，俸禄微薄，故称"薄宦"。

"故园芜已平"，从陶渊明《归去来辞》的"田园将芜胡不归"化用而来。陶渊明做官不如意，想到自己家乡的田地快要荒芜了，就辞官而去，归隐田园，自得其乐。自己也是仕途坎坷，处处碰壁，何不也像陶渊明那样早日还乡呢？可是，故园荒芜，似乎已经没有自己的立身之地，真是进亦难，退亦难！

这两句在四处漂泊、前途黯淡的生活身世倾诉中，透露出诗人的失意与苍凉。

烦君最相警，我亦举家清

这两句是作者对蝉说的话：多劳你给我警告，我一家人的生活也和你一样清寒。"君"，指蝉。"警"，警醒，这里有触动的意思。蝉在告诫什么呢？有人说是警告诗人为什么不及早回头，早归故园；有人则认为是提醒诗人保持高洁的操守。

此联前一句回到咏蝉上来，用拟人手法写蝉。后一句"君"与"我"对举，把咏物和抒情结合起来，呼应开头，首尾圆合。

评 解

李商隐是唐代咏物诗的大家，他的咏物诗大多托物寓慨。这首诗表面写蝉，实际上是写自己。纪昀说："前四句写蝉即自寓，后四句自写，仍归到蝉。隐显分合，章法可玩。"全诗层层深入，阐发主题。"高难饱"，鸣"徒劳"，声"欲断"，树"无情"，怨之深，恨之重，一目了然。"五更疏欲断，一树碧无情"被誉为"追魂之笔"，语出愤激却运思高妙、耐人寻味。后面就直接跳到自身的遭遇上来，直抒胸臆，足见其感情的强烈。最后却又自然而然地回到蝉身上，首尾圆融，意脉连贯。

钱钟书先生评论这首诗说："蝉饥而哀鸣，树则漠然无动，油然自绿也。树无情而人有情，遂起同感。蝉栖树上，却恝置（犹淡忘）之；蝉鸣非为'我'发，'我'却谓其'相警'，是蝉于我亦'无情'，而我与之为有情也。错综细腻。"

《设色山水图》局部 宋代·马远

贾 生

宣室求贤访逐臣,
贾生才调更无伦。
可怜夜半虚前席,
不问苍生问鬼神。

题 解

贾生指贾谊,贾谊不仅是汉初著名的文学家,还是一位政治家。他十八岁就精通儒家经典,能够诵诗属文。二十二岁被汉文帝召为博士,一年中官至太中大夫,同僚之中无出其右。汉文帝极为赏识他的才能,想赐给他公卿之位,被权臣阻挠。后来,贾谊受人排挤,被贬为长沙王太傅,三年之后才被召回长安。

贾谊贬长沙一事，常被后来的文人用以抒写怀才不遇之悲，李商隐在《安定城楼》中就曾以贾谊寄怀。但是，在这首诗里，诗人独辟蹊径，从一个新的角度来抒发对历史人物的感慨。

句解

宣室求贤访逐臣，贾生才调更无伦

"宣室"即汉朝未央宫前殿的正室，这里用来指代汉文帝。"逐臣"，指被贬斥在外的官员，这里代指刚从长沙召回的贾谊。当年，贾谊字字恳切地上书指斥汉王朝的种种弊病，引来的却是权贵的切齿痛恨，他被贬官至长沙。那时候，他以为自己会病死在那里。不过，汉文帝后来还是想起了他，将其召回长安。在未央宫的宣室，君臣畅谈，夜半方罢，汉文帝对贾谊的才华钦佩无比，甚至发出感叹："吾久不见贾生，自以为过之，今不及也。"

"才调"，包括才能与风姿。"无伦"，无人能比。一个"更"字，突出贾谊的卓尔不群。由"求"，到"访"，到赞，表现出汉文帝对贾谊的格外器重。这不仅是写贾谊的出众不凡，也是写汉文帝的爱才，看样子真是求贤若渴，虚怀若谷啊！如果不看下文，我们会以为李商隐描绘的是一副明主求贤、君臣际会的美好图景，以为贾谊终于能够得到重用了。

可怜夜半虚前席，不问苍生问鬼神

可叹啊，汉文帝与贾谊谈到深夜，身体还不断地往前靠，原来问的不是天下苍生的治国大计，而是在求神问鬼。

古人席地而坐，双膝跪下，臀部靠在脚跟上。"前席"，就是说汉文帝听得非常投入，以至于不知不觉地向前靠。这样一个小小的细节，就把汉文帝那殷殷垂询、认真着迷的情态描绘得活灵活现。而一个"虚"字，又把那份急切、诚恳否定得一点不剩。"虚"，空自、徒然的意思。虽只轻轻一点，却使读者产生了怀疑：如此推重贤者，何以竟然成"虚"？诗人引而不发，给读者留下了悬念，诗也就显出跌宕波折的情致。

"可怜"二字，貌似轻描淡写，实则轻轻一带，把全诗的情绪一下子全都打落，隐含着冷峻的嘲讽。诗人的技巧也藏在这一微妙的转折中。果然，最后一句急转而下，揭开谜底。原来前面的种种渲染都是在蓄声造势，为后两句的转折作铺垫。读到这里，怎能不对平庸的帝王发出讽刺的一笑，又怎能不为贾谊感到悲哀呢？

评 解

据史书记载，贾谊觐见汉文帝时，汉文帝刚从祭祀典礼上回来，遂就鬼神之事向贾谊讨教。汉文帝问鬼神之事本是事出有因，有所感而发。但是，诗人却抓住这一情节大做文章，把一般意义上政治上不得志，理想抱负不能够实现的怀才不遇的内涵推向一个更深的层面，即遇与不遇不在于个人的穷达与荣辱，而在于自己的政治主张是否被采用，是否能够造福天下苍生。这一隐含在诗歌深层的见解不能不说高人一筹。

表面上看，诗人是在讽刺汉文帝的昏庸。实际上，李商隐并非不知汉文帝是有感而发问及贾谊的，还算不得沉溺鬼神，更不是断言他不以天下苍生为念，更何况历史上的汉文帝还是一个颇有远见的君主。李商隐的真正意图是托古讽今，借前朝旧事寓现实感慨。身处晚唐，不少皇帝因崇佛媚道、服药求仙而荒废政事，他们才是"不问苍生问鬼神"，才是他所要真正讽刺的对象。

结构巧妙、寓意深刻是该诗的最大特点。诗人成功地运用了欲抑先扬的手法，由"求"而"访"而"夜半前席"，层层推进，最后突然跌落，可谓大开大阖，别具匠心。

夜雨寄北

君问归期未有期，
巴山夜雨涨秋池。
何当共剪西窗烛，
却话巴山夜雨时。

题解

在《万首唐人绝句》中，这首诗题为《夜雨寄内》。"内"，指内人，妻子的别称。但人们考证，诗人写作此诗时，妻子王氏已经去世，故自《唐诗三百首》以来改为《夜雨寄北》。"北"，指北方，此指在长安的人。诗题改了，诗写给谁，也就成为一个问题。

有人仍认为这是诗人在巴蜀时写给妻子的。他们说，李商隐于大中五年（851）七月赴东川节度使柳仲郢梓州幕府，而王氏是在这一年的夏秋之交病故，李商隐过了几个月才得知妻子的死讯。另有人认为这首诗作于大中七年，那时王氏已经去世，李商隐把儿女寄养在亲

《丛林遇雨图》局部　近现代·傅儒

戚家，只身前往四川。诗人这首诗是写给远在长安的友人的。

其实，此诗写给谁并不重要。梓幕期间，商隐诗中一个突出主题，便是思念家乡和亲友。经历了太多的挫折，诗人漂泊无依的孤寂感比以往任何时候都来得强烈。这时他心目中的家乡，已经被赋予了更深的意义，在某种程度上可以说是一个虚化了的精神家园，一个能让疲惫的心灵得以休憩归依的地方。这首诗正表现了这样一种精神诉求。因此，从另外一个角度说，这首诗与其说是写给别人的，不如说是写给自己的。

句 解

君问归期未有期，巴山夜雨涨秋池

你问我什么时候回来，我也不知道。今夜巴山正下着秋雨，雨水涨满了池塘。

从第一句看，诗前省去了一段内容，比较实在的理解是，有人很关切地来信询问。但也很有可能没有任何人来信，孤独和期盼中什么也没有发生，一切都只是在诗人的想象中进行。诗人苦涩地回答说"未有期"，自己也不知道何时才能回去！宦游漂泊的辛酸、有家难归的苦涩和对亲友的思念与歉疚，都深藏在这一个无奈的回答里。

第二句是告诉对方自己身处的环境和心情。"巴山"，泛指东川一带的山。川东地区古代属巴国。时当深秋，夜雨连绵，池水暴涨，孤灯独对，清梦难成。多少苦雨冷风，多少凄凉哀愁！但诗人并没有直接述说，他仅仅是看似不经意、很客观地描写窗外的景色，构成一副迷蒙黯淡的画面。"涨"字有一种动荡感，它不仅暗示夜雨倾盆，而且和诗人动荡不息的内心产生了一种呼应。它不仅写出了一种"东方式的意境"，一种凄楚的美，一种难以安宁的内心，而且有一种艺术的含蓄和精神的深度。"巴山夜雨"也便是游幕天涯、一生飘零的风雨。

诗人客居异地，不写自己思念远方亲人，却从对方思念自己、询问归期写起；不直接写自己迷离失落的情绪，却写窗外的景象，可谓构思精细，语短情长。

何当共剪西窗烛，却话巴山夜雨时

什么时候能够在西窗之下和你共剪灯花，挑灯夜话，与你细细述说今日我在巴山雨夜的感受呢？"却"，还，再。在淅淅沥沥的秋雨中夜深不寐，遥想归期，其凄苦孤寂是不难想见的。可是，诗人马上跨越眼前的这一切，想象出一幅来日聚首的幸福景象。时间和空间都变了，情感的色调也变了，仿佛在一挑一剪之间，不仅一盏小小的烛火，整个压抑愁苦的生活都变得明亮起来。今夜的凄苦成为来日相逢的话题，想象中的幸福与烛火的明亮，又与凄凉的滞留形成一种强烈对比。

诗的结尾又在未来的想象中回到现在。这就是《夜雨寄北》的结构，它体现了一种将发生在不同时空的经验和场景巧妙地组合在一起的艺术。通过这种出人意想的艺术视野，诗人一层层写出人生不同的境遇。到最后，在一种奇异的转折中，"巴山夜雨"又出现了。它使诗产生一种前后呼应，但它本身已不再是同一事物。由于时间、境遇、心境对苦难的消解，人们往往在回忆之中，会给往昔的凄苦蒙上一层诗意的外罩。消失在时间深处的"巴山夜雨"也就成为一种不可忘怀的人生体验与情感纪念。当回首往事时，便有了一种沧桑过后的淡泊与温暖。

评解

　　这首诗以难以承受的孤独愁苦开始，以对苦难的超越和对人生充满留恋的回首结束。

　　全诗构思巧妙，时空回环往复。身在巴山，魂却飞回家园，最后还是回归于羁旅之地。清人桂馥说："眼前景反作后日怀想，此意更深。"在时间上，"翻从他日而话今宵，则此时羁情，不写而自深矣"。今宵、他日、今宵的回环也构成一种虚实相生的意境。由今日分离遥想他日欢愉，由巴山凄苦想象西窗温暖，又在西窗重逢的欢愉间回首巴山凄凉的往事，这不仅使得重逢更珍贵，更富有诗意，而且衬托出此时此刻的凄凉，同时又在凄凉之夜为自己孤苦的心灵带来几许慰藉。

　　在章法上，这首诗也别具匠心。"期"字两见，一为人问，一为己答。"巴山夜雨"重出，一为窗外实景，一为归后谈资。而以"何当"承前启后，化实为虚，使时间与空间的回环对照融合无间。诗歌一般是要避免字句重复出现的，而这首诗却打破常规，构成音调与章法上的回环往复，与时间和空间的回环往复相互照应，朗朗上口，意味深长。

《仿黄鹤山人山水轴》局部 清代·王翚

七月二十九日崇让宅宴作

露如微霰下前池,
风过回塘万竹悲。
浮世本来多聚散,
红蕖何事亦离披?
悠扬归梦惟灯见,
濩落生涯独酒知。
岂到白头长只尔,
嵩阳松雪有心期。

题 解

崇让宅在东都洛阳,是李商隐岳父王茂元的宅邸,也是他和妻子经常居住的地方。关于这首诗的主旨,有"寄内"和"悼亡"两说。绝大多数人还是把它看作悼亡诗。

《秋山图》局部 明代·蓝瑛

李商隐与妻子的感情十分深厚。他半生沦落，长年辗转于外做幕僚，王氏一人在家抚养子女，生活清苦，却毫无怨言。大中五年（851），诗人罢幕归家，妻子王氏已经病故。沉浸在丧妻之痛中的诗人不能自拔，在妻子住过的崇让宅里流连忘返，写下了一大批催人泪下的优秀诗篇。其诗集中明确以崇让宅为题的有好几篇，这是其中之一。

句解

露如微霰下前池，风过回塘万竹悲

这是崇让宅的景物描写。初秋的寒露，如同霰雪一般纷纷飘落在池塘里；秋风吹过寒塘，只听得风摇翠竹，飒飒作响，像是发出悲泣的声音。

霰雪是细小冰粒组成的小雪。农历七月底的秋露还远远不能称之为雪，但在诗人的眼里却是白露苍苍，一片凄凉。"回塘"，即曲水池。曲池前横，修竹万杆，本是清幽之地。"露"和"风"的点染立刻使景物带上了浓重的悲切气氛。风吹竹林是很平常的景象，但在伤心人听来，即如悲泣一般。很明显，诗人把自己的悲伤赋予了眼前事物。

浮世本来多聚散，红蕖何事亦离披

变幻无常的人生本来就聚少离多，那红荷为什么也零落分散呢？"浮世"就是浮生，是说人生在世，生命短暂，而又漂泊沉沦，浮游于世。"聚散"在这里是偏意词，不是分别指聚合和离别，而是侧重说"散"，即离别。"红蕖"，红色的荷花。"离披"，分散、零落之意。

此联前一句由景物描写转到人生的感慨，既是指筵终席散，大家又当别去，各自分离；更是指本来就聚少离多的妻子如今独自离去，再无相聚之时。后一句转向景物描写，并寓情于景。人生固然多分离，难道就连那不知分离之痛的荷花也要离散吗？这里看似惊叹红荷的零落，其实寄寓着诗人对人生难得团圆的无奈和痛惜。诗人不用直叙而用反问，愈发加强了沉痛的语气。

悠扬归梦惟灯见，濩落生涯独酒知

只有孤灯可以照见自己悠远飘忽的思归之梦，也只有薄酒知晓自己漂泊零落的生活。"悠扬"，飘忽不定，这里用来指"归梦"。"濩落"，即空廓无用、大而无当，这里有一事无成的意思。

诗人长期仕途失意，郁郁不得志。爱妻病故，又失去了相濡以沫的人生伴侣。从今往后，再没有人与自己休戚相共。归梦再深切，已经找不到等候在家的人。浮生落拓，以酒浇愁，再无知音，凄凉景况可想而知。两句中的"惟"和"独"都起着一种强调的作用，渲染出诗人的孤寂与失落。

岂到白头长只尔，嵩阳松雪有心期

难道直到头白身老，我都只是这样过下去吗？其实，我早就有意于嵩山的青松和白雪了。"只尔"，只是这样。"嵩阳"，嵩山（在今河南登封）的南面。"心期"，心愿，夙愿。"松雪"，喻高洁的品性和节操,这里用以指代自己出世归隐之心。尾联似宕开一笔,但伤怀消沉到避世归隐,实际上悲慨更深。

评 解

李商隐写给妻子王氏的诗歌有三类:一类是追忆当年相恋情形的恋情诗,风格比较秾丽;一类是远游在外的寄内之作,风格比较清丽;剩下的就是悼亡诗。李商隐的恋情诗繁复绮丽,而寄内诗和悼亡诗则显得疏朗清幽。这类诗很少直接抒情和论说,多借景抒情,这与其恋情诗重意绪少叙事的风格是一致的。

钱良择评此诗说:"情深于言,义山所独。""情深",确实是此诗的特色。诗人不再像以往的恋情诗那样用艰深的典故、繁艳的辞藻等去刻意营造迷离的意境,一切都那么自然,不求技巧,却真挚动人。

《香月潮音图》局部 · 唐代 · 吴道子

嫦娥

云母屏风烛影深，
长河渐落晓星沉。
嫦娥应悔偷灵药，
碧海青天夜夜心。

题解

嫦娥是神话中月宫的仙女，本是后羿的妻子，因偷了丈夫从西王母那里求来的长生不死药，升天奔入月宫。李商隐的这首《嫦娥》字面意思虽然平易，但因其意境和情绪的朦胧，人们对它的解说大不相同。有人认为作者是在感叹嫦娥虽能长生不老，却失去夫妇之乐，是对人间情爱的肯定；有人认为作者是以此寄托自己得罪牛李两党以致一生坎坷的悔恨之意；有人认为是寄托作者怀才不遇的感伤；有人认为是对不甘寂寞的出家入道者的讽刺；有人认为是相思之作等等，莫衷一是。

李商隐的《和韩录事送宫人入道》曾以"月娥孀独"比喻女冠的孤独无伴,在《月夜重寄宋华阳姊妹》中又以"窃药"喻女冠修道。《月夕》又曾写道:"草下阴虫叶上霜,朱栏迢递压湖光。兔寒蟾冷桂花白,此夜姮娥应断肠。"由此看来,这首诗还是有寓意的,而且与女冠有一定的联系。可以理解为诗人以嫦娥的孤独隐寓女冠的寂寞,又因女冠自然而然地融进了自己的爱情失落、人生孤寂之感;既是对嫦娥的同情、对女冠的怜惜,也是自怜身世。

句解

云母屏风烛影深,长河渐落晓星沉

"云母",一种矿物质,色泽鲜艳透明,有珍珠光泽,古人常把它切割成薄片,用来做屏风或其他高档物品的装饰。"长河",指天上的银河。这两句是写主人公独处居室,彻夜不眠的情景。烛光越来越暗,饰有云母的屏风上笼罩着一层深深的阴影。夜是这样的深沉、幽静与昏暗,主人公被寂寞与凄清包围着,越发的惆怅难眠。窗外,银河渐渐地由中天移到天边。清晨的星星也逐渐隐没,变得越来越少。面对残烛冷屏、青天孤月,落寞的主人公又度过了一个黯淡的不眠之夜。

诗人没有着意刻画萦怀在心的那种剪不断理还乱的情绪,他只借助于环境氛围的渲染,点染出室内的凄清寂寥,以及室中人的寂寞难耐。这是李商隐常用的诗歌表现方法。一个"渐"字,暗示时间是在不知不觉中过去的,彻夜难眠之情不言而喻。

嫦娥应悔偷灵药，碧海青天夜夜心

寂寥的长夜，与主人公相伴的是天上的那轮冷月。看见明月，自然想到孤居广寒宫的月中仙子嫦娥：嫦娥啊，嫦娥，你年年夜夜独守月宫，面对碧海一样的青天，应该深深地懊悔了吧，那不死药换来的不过是无穷无尽的凄冷寂寞啊！"夜夜心"，指夜夜独对青天所引起的寂寞凄冷的心情。

"应悔"是揣测之词，这种揣测源于同命相怜、惺惺相惜。后两句与其说是对嫦娥处境心情的深情体贴，不如说是主人公寂寞的心灵独白。嫦娥窃药奔月，远离尘嚣，高居琼楼玉宇，虽极高洁清净，但夜夜随月历青天而入碧海。这与女冠的慕仙学道追求清真而不得不忍受清冷孤寂有相似之处。同时，也融入了诗人独特的现实人生感受。诗人精神上力图摆脱尘俗，追求高洁的境界，而追求的结果往往使自己陷于更孤独的境地。既自赏又自伤，既不甘变心从俗，又难以忍受孤孑寂寞的煎熬。这些微妙复杂的心理，被诗人用精微而富于含蕴的语言成功地表现出来了。

评 解

这位幽居独处、永夜不寐的主人公究竟是谁，是诗人自己，还是女冠，诗中没有交代。读罢《嫦娥》，我们只感到一种浓郁的感伤之美。这是一种只可意会不可言传的朦胧与忧伤，也许正是因为这种迷茫与深切，更增加了读者索解的兴趣，引得人们纷纷思索其中的微言大义。

设想嫦娥会因为天上的孤寂而后悔偷吃灵药，不是自苦如此，哪来此等奇思妙想？明代陆时雍评价说李商隐的诗"多以意胜"，说的就是他总能翻出妙想，既含蓄宛转，又韵味深长。人们对诗旨猜测纷纷，正说明这一典故经过反用之后，那种高远清寂之境和永恒的寂寞感，沟通了不同类型人物的某种近似心理，从而使得诗歌有了空前的张力，可以从不同的角度加以解读。

无题二首（其二）

重帏深下莫愁堂，
卧后清宵细细长。
神女生涯原是梦，
小姑居处本无郎。
风波不信菱枝弱，
月露谁教桂叶香。
直道相思了无益，
未妨惆怅是清狂。

题 解

　　李商隐的无题诗，尤其是七律形式的无题诗，艺术上最为成熟，最能代表其个人的独特艺术风格。尽管他的无题诗大多淡化时间、淡化地点、淡化事件，留下的只是一抹浑融、深沉、复杂、可感却又难以确指的情绪，但是，那种丰厚的意蕴和浑融的境界似乎包含了太多的内容，以至于给人以道尽世界万般情愁的感觉，而不只是字

《唐风图卷》局部　宋代·马和之

面的华美精致。这正是李商隐的情诗深受世人喜爱的重要原因。

  这首无题诗具有一定的代表性。它采取深夜追思以抒感慨的方式,抒写青年女子爱情的失意与幽怨,若隐若现,或实或虚。关于这首诗的争议也比较大,有人认为此诗是寄情令狐绹之作,因怨尤之意不便明言,故而托之为男女之情;有人认为这是思人之作,写所思之人的不可见;有人认为这是自伤世无知己,亦决意不复求知于世;还有人认为这是以爱情的失意比喻政治的失意,以情感的无托寄寓身世的沦落。也有人觉得这只是一首爱情诗,但在抒情主人公到底是诗人自己还是托意女性上又有较大的分歧。

  从字面来看,这首诗是爱情的独白,飘渺忧伤。细细品味,只觉得虚括浑融,爱情的失意之中还似乎纠结着人生的失落、生命的寂寥。

句 解

重帏深下莫愁堂,卧后清宵细细长

  帷幔重重叠叠,或半挽半卷,或深垂及地,夜是那样的寂静,居室是那样的深幽。一位女子正躺在绣床之上,辗转难眠,只觉得时间过得那样缓慢,黑夜是那样无边。撇开具体事件的叙述,诗歌一开头就从女主人公所处的环境氛围写起。一个"深"字,既写帷幔之多,又暗示光线之暗,室中弥漫的那种无名的幽怨似乎伸手可及。名曰"莫愁堂",或许这位女子名叫莫愁,或许这间屋子即如此称呼。可是,当她清宵独卧,细细地数着时间的流走时,她还是"莫愁"吗?李商隐的诗歌中频频出现"莫愁"二字,取的都是字面之意，恰恰与情愁万缕形成对比。

难寐方知夜长，"宵"是"清宵"，也即静夜，"长"是"细细长"，虽然环境幽暗不明，但诗歌的意境并不阴沉，而是清丽跳脱。前人屡屡指出"细细长"三字用得妙，把时间的慢慢推移和被忧伤蚕食的心情表现得轻巧而又深切。

这里没有一笔是正面抒写女主人公的心理状态，但透过这种环境的烘托，我们已经可以感知她那细腻幽怨的内心。

神女生涯原是梦，小姑居处本无郎

"神女"，指的是宋玉《神女赋》中的那位巫山神女，传说她曾与楚王在梦中欢会。"神女生涯"，即暗指爱情上的遇合。"小姑居处本无郎"化用的是乐府歌诗《神弦歌·清溪小姑曲》中的"小姑所居，独处无郎"的句子。"小姑"，未嫁少女。这两句是说主人公追忆往事，尽管自己在爱情上也像巫山神女那样，曾经有过幻想、追求与快乐，但最终不过是一场幻梦而已；直到现在，自己还像清溪小姑那样，独处无郎，无所依托。

这是女主人公对爱情的感伤，也正是她长夜无眠的原因所在。这个"原"字，暗示她在爱情上不仅有过追求，而且也曾有过短暂的遇合，但终究成空，如同梦幻一般。这个"本"字，强调的是梦醒之后的冰凉现实，又似乎含有某种自我辩解的意味。或是告诉自己梦再美也只是梦，现实的情况就是这样空虚落寞；或是暗示尽管迄今为止仍然独居无郎，人们却对她颇有议论。总之，两个虚词用得颇有意味，给了人们广泛的想象空间，更何况"神女"的传说、"小姑"的故事本来就很有意韵。这一联虽然用了两个典故，但十分自然、十分贴切，几乎让人感觉不到有用典的痕迹。

风波不信菱枝弱，月露谁教桂叶香

我就像那柔弱的菱枝，偏遭风波的摧残。我就像那飘香的桂叶，却无月露的滋润。

如果仅仅是爱无所托、孤独寂寞，还只是让人感到忧伤和无奈。而爱无所终过程中的摧残就不得不让她怨恨激愤起来了：自己本来就柔弱无助，像那水面的菱枝，可是明知菱枝质弱，风波却更加摧残；自己原本像桂叶那样质美芬芳，可是偏偏得不到月露的滋润，难以飘香。

"不信"是明知柔弱却故意如此，足见"风波"之横暴。"谁教"是本可如此而偏不这样，突出"月露"的无情。措辞婉转，却意极沉痛，似乎暗示着主人公在生活中一方面受到恶势力的摧残，另一方面又得不到应有的同情与帮助，只能是孤苦无依。其中有爱情的不幸，似乎更有身世遭遇的困顿。有人就指出这就是李商隐自己的写照。本来就地位寒微，无依无靠，没想到还屡屡受到朋党势力的左右摧残，一生沉浮飘荡。不管这种解释是否符合诗人写作时的真实心意，至少从字面上看，这两句诗确实可以涵盖许多内容。

直道相思了无益，未妨惆怅是清狂

爱情遇合既如同梦幻，身世遭逢又如此不幸，可是，这位柔弱的女子在百转千回的忧愁之际亦自有其坚强的一面：即便是明明知道相思全然无益，即便落得个惆怅终身，也依然要坚持自己的追求，痴情不移。

《招凉仕女图》局部 元代·佚名

"道",料想。"了",全然。"清狂",古人所谓的不狂之狂,犹今天所说的痴情。把清狂解为狂放也说得通,但如果把诗中的主人公作为女子来看待的话,那么,还是作痴情解较为确切。

在爱情近乎幻灭的情况下,主人公依然决心抱痴情而终身,这份"相思"难道不是最深情、最铭心刻骨的吗?即使常陷忧伤,她也心甘情愿。诗歌的最后一句透露出一种执着:对爱情的执着,对追求的执着,对生命的执着;这执着与痴迷就是她坚守孤独的力量。至此,主人公感伤低沉的情绪上扬起来了。

评 解

在诗歌中,将爱情写得灵动、唯美不难,写得真诚、痛切也不难,难的是在灵动唯美、真诚痛切的同时写出爱情的深度,传达出情感本身复杂丰富和迷离飘忽的特性。李商隐的爱情诗正如此。

诗人放弃了以往爱情诗叙事的成分和情节场景的描绘,主要以抒情为主。他往往仅仅是在抒情中融入一定的叙事成分,像这首无题诗仅仅在第二句让我们看到了场景。诗人借助比喻、象征、联想等多种手法来加强诗的暗示性,如第二联和第三联都是抒情,所有的内容都在繁复的意境之中传达一种意绪。不仅仅有悲伤、哀怨,还有坚定、执着,以及种种难言的失落和惆怅。这使得他的爱情诗密度很大,意脉虽不明显,但却蕴藉含蓄、意境深远,经得起反复的咀嚼与玩味。

这首无题诗,笔意空灵概括,意在言外。在女主人公如泣如诉的幽怨中，我们总能看到更多的东西。即便诗人并非有意寄托情怀，也在不自觉的同情之中融入了身世没落、世无知己的感慨。从"神女"一联中我们总能想见诗人在回顾往事时感慨终归空无的无限怅惘，从"风波"一联又很容易联想到诗人羁泊沉沦的感伤与无奈。这种感伤的形象时常出现在李商隐的诗歌当中，已经成为一种无处不在的情怀。何焯说这首无题诗是自伤不遇，应该是比较符合实际情况的。不管这首诗有无寄托，它首先都是成功的爱情诗。

杜工部蜀中离席

人生何处不离群?
世路干戈惜暂分。
雪岭未归天外使,
松州犹驻殿前军。
座中醉客延醒客,
江上晴云杂雨云。
美酒成都堪送老,
当垆仍是卓文君。

题解

大中五年（851）冬，李商隐在东川节度使柳仲郢幕府任节度判官，被派往西川推狱（协助审理案件）。次年春，事毕回梓州（今四川三台县，东川节度使驻地）。这首诗是临行前在饯别的宴席上所作，故称"蜀中离席"。前面加上"杜工部"，说明是有意模拟杜甫的风格，就好像是代杜甫作诗一样。

《设色山水图》局部 宋代·马远

杜甫在七律题材上的一个重大发展，就是把时事引入传统的酬赠之作。此诗对杜诗的继承就在于李商隐恢复并发展了杜甫七律感时伤世的忧国忧民情怀。当时正值巴南蓬州、果州的贫民爆发起义，朝廷派军队镇压。连年来唐王朝和吐蕃、党项的关系也一直很紧张。这首诗借伤别的席上之感，表达自己对时局的忧虑，深得杜甫的神韵。

句 解

人生何处不离群？世路干戈惜暂分

诗歌一开头就是一个反诘句：人生哪里没有离别呢？只是在这时局动荡、战乱不止的年代，即便是短暂的分离也使人格外痛惜。因为吉凶难料，前程未卜，或许这一分别就意味着永远的分离。

上句泛言人生离别的普遍和平常，让读者在诘问中有所思考：人生有多少悲欢离合，个人的命运又是怎样身不由己？诗人虽然有着无尽的感叹，但是调子并不悲伤。细细体味，诗中还隐含着这样的意思：既然人生离别在所难免，不如以旷达处之吧！下句转到"世路干戈"的社会大背景上，最后又回到"离席"，道出离别的沉重感伤，思路跳跃奔腾，"大开大合，矫健绝伦"（纪昀语）。如此道来不仅曲折顿挫、气势雄放，而且自然地引出下文的伤时感世之情，可谓落笔不凡。

雪岭未归天外使，松州犹驻殿前军

这两句紧承上文的"世路干戈"写当前的动荡局势：朝廷派往雪岭的使臣尚未归来，松州仍驻扎着朝廷的军队。"雪岭"，指绵亘于今四川西北部的雪山，这一带是唐和吐蕃的分界线，当时的少数民族党项也聚居在这里。唐王朝和吐蕃、党项经常在此发生边境争夺战争，朝廷屡派使者处理边境事宜。"天外"，极言其僻远。"松州"，即今四川松潘县，在雪山附近，当时是唐西南边区与吐蕃的交界处，唐王朝于此置松州都督府。"殿前军"，本指神策军，即皇帝的禁卫部队，这里借指戍守西南边陲的唐朝军队。

大中五年，刚刚归降唐王朝的吐蕃宰相因要求为河渭节度使，朝廷不许，又欲兴起战乱，再度成为朝廷的边患。大中六年，刚刚被征讨的党项又扰乱边境。诗人并未将这种剑拔弩张的战争场景白描出来，而是从侧面含蓄地指出时局的纷乱：使者久久未得回归，可见矛盾一直没有得到解决，局势非常不稳定；而边境屯驻大军，也足以想见局势的一触即发。这两句诗气象阔大，感慨深沉，不仅简洁醒目地勾勒出西北边境历年战乱的紧张局面，更饱含着诗人无限忧国伤时之情。

座中醉客延醒客，江上晴云杂雨云

这两句从时事转入眼前：宴席上，醉客不断地向醒客敬酒；远处的江面上，晴云夹杂着雨云，也不知道天气会如何。看着人们只顾互相劝酒，诗人不免感慨万端，一语双关。"醒客"，是诗人自指。"醉客"，指饯行席上的醉者，暗喻其为浑浑噩噩、不关心国事的庸碌之辈。"延",指请客人饮酒。诗人化用《楚辞·渔父》屈原的诗句："举世皆浊而我独清,众人皆醉而我独醒。"此时此刻,有谁能够理解自己忧国伤乱的心情呢?这些忧虑只能自己一个人慢慢地咀嚼了。

"晴云""雨云"指天气变幻不定,时阴时阳,这是每一个即将登程上路的人都关心的问题。这里借喻社会局势的动荡不安,透露出诗人的无限忧虑。

"醉客"对"醒客","晴云"对"雨云",不仅造句工整巧妙,富有音韵之美,而且运用了双关的修辞手法,意义丰厚。此外,这还是"当句对",即不但上下句互相对仗,而且每句当中又自为对仗。这种手法始创于杜甫,如杜甫《闻官军收河南河北》的"即从巴峡穿巫峡,便下襄阳向洛阳",但成熟、定型却在李商隐。他的诗歌中有大量的类似之作,如"纵使有花兼有月,可堪无酒又无人","池光不定花光乱,日气初涵露气干"等。

美酒成都堪送老,当垆仍是卓文君

成都的美酒就足以伴人度过一生了,何况当垆卖酒的还是卓文君这样的美人呢。"送老",度过晚年。"垆"是放置酒缸的土台子,卖酒的在垆边,故称"当垆"。卓文君,西汉文学家司马相如的妻子,才貌出众。相传她和丈夫贫穷时在成都开过酒店,亲自当垆卖酒。这里借指美丽的女子。

末联紧扣"蜀中离席"的诗题,话题仍回到饯别。有人说这是主人留客之语,如此美好的成都生活,何忍远离?有人则认为"美酒""卓文君"的陈述看似宽慰或向往美好的生活，实则反衬诗人生活漂泊，家国无依的沉重心情。还有人认为，时事堪悲，却流连于酒色，表面是赞美，实际上蕴含着诗人对"醉客"的婉讽。

评 解

　　唐诗七律在杜甫手里达到了高峰，此后发展不大，直到李商隐继起，七律重新焕发光彩。王安石曾指出，唐朝人学习杜甫而真正得到杜诗神韵的就只有李商隐一人而已。诗的第二联尤得杜诗的神髓，被誉为"虽老杜无以过"。

　　这首诗，作者明确标明学习杜甫的风格，把时事之感融入酬答唱和之中，将抒情、叙事紧紧融合在一起，气势宏大，情韵深厚，笔力雄健；结构上参差错落，富于变化。诗的风格沉郁顿挫，苍劲雄迈，与杜甫晚年的七律，如《恨别》《登楼》《秋兴八首》等诗很相近。而与诗人描写爱情的"无题"诗的隐微幽深、凄婉动情的风格大有不同。然而，李商隐并非单纯的模拟，更有自己的特色，这就是融入了较多的个人身世之感。其体情之入骨，用情之深挚，是他一以贯之的风格。

二月二日

二月二日江上行，
东风日暖闻吹笙。
花须柳眼各无赖，
紫蝶黄蜂俱有情。
万里忆归元亮井，
三年从事亚夫营。
新滩莫悟游人意，
更作风檐夜雨声。

题 解

"二月二日"是诗歌开头的前四个字，算不上诗歌的题目，这其实也是一首无题诗。蜀中风俗，二月二日为踏青节。

大中五年（851），柳仲郢被任命为东川节度使，他对李商隐的文名早有所闻，对诗人的坎坷境遇也十分同情，因此奏请李商隐为使府书记。此时，李商隐的妻子王氏已经亡故，诗人撇下一双幼小的儿女只身远赴梓州，开始了他一生中最后也是时间最长的一次幕府生涯。

《江帆楼阁》局部　唐代·李思训

梓幕期间，经历了丧妻之痛的李商隐格外感伤与孤寂，写下了大量思念家乡、想念亲友、感怀身世的诗篇。这首诗写的便是诗人在踏青时节的所伤所感。诗中提到"三年从事亚夫营"，暗示写这首诗的时候，诗人在柳幕已经是第三个年头。当然，也有人说这里的"三年"并非实指，但也代指诗人已经滞留蜀地不短了。

句 解

二月二日江上行，东风日暖闻吹笙

二月二日这天，是蜀中踏青节，江边上人来人往，到处都是欢歌笑语。和煦的东风，温暖的春日，处处散发着春天的气息，就是那久闻的笙声，也带着春回大地的暖意。诗歌一开头就写出了江行游春的感觉和印象。

花须柳眼各无赖，紫蝶黄蜂俱有情

春天来了，花朵吐出了花蕊，细长如须。柳树长出了嫩叶，细小如眼。娇花细柳惺惺忪忪，各自可爱，真是春色恼人。紫色的蝴蝶和黄色的蜜蜂在花柳之间追逐穿梭，好似春情绵绵。这两句是接着写江边的春色。红花、绿柳、黄蜂、紫蝶，都是春天最常见的事物，是春天生命与活力的标志，更写出了春天色彩的绚丽。如果说这些景物和色彩都很平常的话，那么"各无赖"和"俱有情"便有新的深层意味了。

"无赖"本是可爱恼人的意思，但放在这里与"有情"相对，便暗含无心、无意的含义了。花、柳是没有感知和感情的植物，它们只是按照自然的规律行事。春天来了，便吐蕊、长叶，在东风煦日中散发着春天的气息；秋天来了，便凋零、飘落，在西风秋寒里展示生命的脆弱和枯竭，它们哪里会顾及人的悲欢哀乐。当它们春意盎然、各自招摇的时候，又哪里知道诗人的愁苦呢，所以说是"各无赖"。而蜂和蝶是有生命的动物，春到人间，便穿花绕柳，翩翩起舞，满怀喜悦地宣告着春天的到来，它们为春天所感，似乎都是"有情"之物。

有情也好，无情也罢，于诗人又有什么关系呢？联系下文，我们可以看到，面对这满目春色，诗人并没有得到轻松与快乐，反而触动了自己的伤感。因此诗人在这两句中暗含的情绪是"无赖者自无赖，有情者自有情，于我总无与也"（姚培谦《李义山诗笺注》）。春色越鲜亮，就越衬照出诗人自己的孤苦与飘零。这是在以乐景写哀，以美好的春色衬托自己的沉沦身世和凄苦心境。细细咀嚼"各"字和"俱"字，再对照下文，我们不难发觉其中的深意。何焯说："前半逼出思归，如此浓至，却使人不觉。"也就是说前面这四句景物描写，其实都是为自己的孤寂凄凉做铺垫的，可又来得不知不觉，这"不觉"正是诗人的高妙之处。

万里忆归元亮井，三年从事亚夫营

在万里之外，思忆着回到家乡的元亮井旁，三年以来一直在柳营任事。

"元亮"，东晋诗人陶渊明的字。他在《归园田居》一诗中有"井灶有遗处，桑竹残朽株"的句子。这里是用"元亮井"指代像陶渊明那样的田园隐居生活。这句是说自己于万里之外还时时渴望着回到家乡过陶渊明那样的生活。"万里",写的是空间的悬隔,流浪天涯之慨自在其中,而那种归家心切却又欲归不能的苦闷也已经流露于笔端。

"亚夫",指汉代的周亚夫。汉文帝时,大将周亚夫屯兵细柳营,军纪严明,传为美谈。后世用"细柳营"或"柳营"专指其事。这里诗人是用它隐射柳仲郢的幕府,暗寓幕主姓柳。"三年",点明自己在外做幕僚的时间漫长,其中蕴含有羁泊天涯的痛苦和疲惫。

这两句虽然用典,但是都非常自然,随手拈来,一点也不显得艰深和刻意。上几句写春日美景,这两句借"元亮井"和"亚夫营"点明自己客居他乡、万里思归的情怀。这种连接看似有些突然,缺少必要的过渡,其实正是这种表述显露出诗人无处不在、挥之不去的忧伤。在花柳争妍、蝶飞蜂舞的醉人景象面前,人本该轻松愉悦才是,可在赏春景的时候,诗人想到的却是多年漂泊在外,欲归不能。因而动人的春色不仅没有驱散诗人心头的孤苦,反而触动了他的感伤。

新滩莫悟游人意,更作风檐夜雨声

江边踏春,碧波荡漾,一般的游春者看见春江水涨,听见流水淙淙,自然是欢畅的。可是思归不得的天涯羁旅者,反倒责怪新滩流水不能理解自己心意。那水流声不但不悦耳,反而不断撩动自己的羁愁,就像是午夜檐间的风雨凄凄之声。这个比喻很有意味,暗示出诗人常常是愁思满腹、夜不成寐,已经惯听风声夜雨了。明

《江帆楼阁》局部　唐代·李思训

明是诗人自己的主观感情在作怪，把水声听成风雨之声，却说新滩不解游人之意，可谓是曲折有致。诗人本是出来踏青解愁，没想到花、柳、蜂、蝶都成了牵愁动恨之物，连毫不相干的新滩流水声，也作风雨凄凄之态，更添一段新愁。世间何处有逃离之地，诗人何时能展欢颜？

评 解

　　李商隐抒写身世之悲的诗篇，往往以深沉凝重的笔调、绮丽精工的语言，着意渲染出一种迷蒙悲凄的环境气氛。这首诗却别具一格。它以春色衬托羁旅之愁，以乐境写哀思，以轻快跳动的笔调抒写抑郁难舒的情怀，以清空如话的语言表现宛转曲折的情思，收到了相反相成的艺术效果。

《诸葛亮像轴》局部　元代·赵孟頫

筹笔驿

猿鸟犹疑畏简书,
风云长为护储胥。
徒令上将挥神笔,
终见降王走传车。
管乐有才真不忝,
关张无命欲何如?
他年锦里经祠庙,
梁父吟成恨有余。

题解

李商隐常常借对历史人物的怀咏来表达自己感时伤世的情怀,贾谊、王粲、汉高祖、诸葛亮等人便成为他诗歌中常见的题材。这首《筹笔驿》和《武侯庙古柏》都是写诸葛亮的名篇。

筹笔驿,地名,唐代绵州绵谷县境内,在今天的四川广元市北。相传诸葛亮出师伐魏时，曾驻扎在此筹划军事，挥笔书写公文，因而名为"筹笔"。驿，是驿站的意思。

大中九年（855），柳仲郢结束东川节度使的任职，被征为吏部侍郎。李商隐随他一块回长安，途中经过筹笔驿，有感而发，写下了这首咏怀古迹的诗篇。该诗的主题虽然与大多数凭吊诸葛亮的作品相似，亦是盛赞其政治、军事才能，抒写"出师未捷身先死，长使英雄泪满襟"的遗憾，在为其事业未竟深表惋惜的同时，寓有自己志向不遂的感慨；但在表现手法和艺术风格上有其独到之处，自成面貌。

句 解

猿鸟犹疑畏简书，风云长为护储胥

诗人来到筹笔驿，面对诸葛的遗迹，肃然起敬：六百多年过去了，猿猴和飞鸟还犹豫着不敢靠近，似乎依然畏惧诸葛亮森严的军令；风起云涌，聚集变幻，像是为古人长久护卫着当年的军营壁垒。"犹疑"，畏缩不前的样子。"简书"，即文书，因古人把字刻在竹简上而称之，这里专指军令文告。"储胥"，篱笆，栅栏，这里指军营的壁垒。

"猿鸟""风云"作为筹笔驿的实景，渲染了一种肃穆的气氛。由于作者对诸葛亮的敬仰，自然环境的描写中融入了个人浓厚的感情。说猿、鸟都畏惧诸葛亮的军令，是赞扬其治军严明，至今军威尚存；说风云还在护卫营垒，是肯定诸葛亮为一代英杰，风云仍为之变色。

  这两句以虚写实，尚未正面着笔就已经使人复见诸葛孔明的风烈神威。"善言情者，但写景而情在其中"（清况周颐《蕙风词话》），李商隐的这两句诗就是极好的代表。

徒令上将挥神笔，终见降王走传车

  可是，诸葛亮大挥神笔，运筹帷幄又有什么用呢？不争气的后主刘禅最终还是投降做了俘虏，被驿车押送到洛阳去了。"上将"，犹主帅，指诸葛亮。"传车"，是古代驿站的专用车辆。后主刘禅是皇帝，这时坐的却是传车，隐含讽刺之意。魏元帝景元四年（263），邓艾伐蜀，后主刘禅出降，全家东迁洛阳，出降时也曾经过筹笔驿。

  这两句，诗人的感情突然由景仰变为激愤。尽管诸葛亮有非凡的军事才能和卓越的政治远见，尽管他鞠躬尽瘁，死而后已，可最终的结果呢？诗人在种种赞叹之后，继之以痛惜之情。

管乐有才真不忝，关张无命欲何如

  诸葛孔明真不愧有管仲和乐毅的才干，可是关羽和张飞早死，他又能怎么办呢？

  "管乐"，指古代著名政治家和军事家管仲和乐毅。管仲是春秋时期齐国的相国，曾辅佐齐桓公成就霸业。乐毅是战国时期燕国的名将，曾大败强大的齐国，帮助燕昭王成就大业。诸葛亮隐居南阳时，常常自比为管仲和乐毅，出山后果然奠定了魏、蜀、吴天下三分的局面，为蜀汉立下不朽功劳。诗人以肯定的语气说：诸葛亮真不愧有管仲和乐毅的才干。"忝"，愧。

可是紧接着诗人又来了一个转折：诸葛才高，纵使有千般能耐、万般雄心，可是关羽和张飞早早丧命，失去了得力臂膀，又能怎么样呢？后主孱弱，手下得力大将又相继战死，诸葛亮就是在这样的情况下艰难地支撑着局面。诗人既为他势单力薄、不得天助感到惋惜和同情，也是在暗中赞叹他独撑局面、能力非凡。

他年锦里经祠庙，梁父吟成恨有余

"锦里"，在成都城南，祭祀诸葛亮的武侯祠就建在那里。李商隐大中五年曾前往拜谒。《梁父吟》本是古代的一首挽歌，歌词悲凉慷慨。诸葛亮早年躬耕南阳时"好为《梁父吟》"，借以抒发自己的政治抱负。今天我们见到的《梁父吟》托名为诸葛亮所作，未必是当年他所吟诵的。诗人在这里用"梁父吟"指代自己寄托政治感慨的诗篇，即《武侯庙古柏》一诗。

昔年诗人经过锦里瞻仰武侯祠时，曾经写下了为诸葛亮抱恨的诗篇；今日经过丞相出师的故地，深感余恨未尽。是啊，这区区纸笔怎能道尽武侯的千古遗恨，怎能述尽自己的吊古伤今、感时伤世的情怀。这最后一联，同时寓有诗人怀才不遇、彷徨无依的感慨。正如纪昀所说，此诗"结局隐然自喻"。

评 解

这首诗最大的特点在于善于用抑扬交替的手法，在对比中显示诸葛亮之威、之智、之才、之功，然而这种种铺垫最后都是为突出一个"恨"字。

首联说猿鸟畏其军令，风云护其藩篱，是极写其威严，是扬。颔联却说他徒有神智，终见后主投降，蜀汉归于败亡，是抑。颈联出句称他无愧于管仲、乐毅，又是一扬。对句写关羽、张飞无命早亡，诸葛亮失去羽翼，又是一抑。抑扬之间，更见遗憾之深。正如何焯所说："议论固高，尤在抑扬顿挫处，使人一唱三叹，转有余味。"抑扬顿挫的唱叹和大开大阖的议论归结到最后是"恨有余"的浩叹。因此，本诗蕴含着"大厦将倾，一木难支"的宿命悲凉，有着浓重的末世情怀。

除了悲剧意味这种鲜明的个性特色外，以咏叹贯穿始终的本质上的抒情性，也使本诗一看即为商隐诗。从字面上，本诗抒情、议论、叙事、写景几种表现手法都有，并且议论更为突出。作者往往以个别虚词点缀其间，以见言外不尽之意。如"徒令""终见"，前后呼应，蕴藏着诗人深沉的感慨；"真不忝"的极度推崇和"欲何如"的苍凉追问，同样也蕴含着诗人惋惜、激愤与无奈相交织的情感。

《筹笔驿》沉郁顿挫、笔力雄健，看似与杜甫的《蜀相》一脉相承，实际上有更多的个人情感和身世之悲。

《桃园仙境》局部　明代·仇英

重过圣女祠

白石岩扉碧藓滋,
上清沦谪得归迟。
一春梦雨常飘瓦,
尽日灵风不满旗。
萼绿华来无定所,
杜兰香去未移时。
玉郎会此通仙籍,
忆向天阶问紫芝。

题 解

  有人认为"圣女祠"指的是陈仓(今陕西宝鸡市东)、大散关之间的圣女神祠,也有人以为未必实指,仅仅是代称女道士居住的道观。李商隐此前曾经做过《圣女祠》五排、七律各一首,这一首是大中十年(856年),李商隐随柳仲郢归朝,第二次经过圣女祠而写的诗歌,所以题为《重过圣女祠》。

  这首诗历来争议很大,是李商隐诗歌中最难解的诗篇之一。有人认为此诗是借圣女来寄寓自己的身世沉沦之慨;有人觉得这是李商隐在借题发挥,抒发自己仕途不通的愤懑;有人说这是一首寄意于令狐绹的咏怀诗；有人认为此诗意在把孤寂高洁的女冠比作圣女；有人认为这是在追忆自己当年与女冠的恋情。总之，说法不一，无法定论。

　　结合李商隐的《圣女祠》《碧城三首》《河阳诗》等诗歌，不少人指出这是一首追述爱情的恋情诗。据有关人士考证，李商隐年轻的时候曾在玉阳山学道，结识了陪同公主一起入观修道的宫女宋华阳，并与她产生了深切的恋情。最后由于种种原因，他们的爱情夭折在她的不知所踪里。这段爱情对于李商隐来说是刻骨铭心的，他写下了大量的诗歌来追忆，成为其爱情诗中极为重要的一部分。与后来写给妻子王氏的那些精致密丽的爱情诗不同，这类诗大都幽微隐约、曼妙飘忽，充满了凄苦惆怅的感伤情调。这首诗表面上歌咏圣女祠所供的圣女，实际上是把宋华阳比作高洁的圣女，由此寄寓爱情的感伤。

句 解

白石岩扉碧藓滋，上清沦谪得归迟

　　圣女从上清宫受贬沦落人间，迟迟不得返归天上，如今她那下界居处的白石岩洞门边，已经长满绿色的苔藓。"滋"，滋生，暗示此处久无人迹，门庭冷落，已远不似当年。

　　道家认为天外有玉清、太清、上清三重天，是神仙居住的地方。"上清"就是神仙所居的最高天界。中国古代有不少关于天上神女谪贬人间的传说，诗人认为这位女子不是凡人，她一定是从上清仙境贬谪到凡尘的仙女。其居处清幽无比，远不似喧嚣的凡尘。

你看，白石与碧藓相衬，是那样的明丽雅洁。在诗人的心目中，昔日的恋人宋华阳就如同圣女一般高洁清丽，不同凡俗，因为"上清沦谪"，所以才得以和自己相遇、相恋。虽说是"得归迟"，最终她还是回到自己的世界去了。一个"滋"，滋生，暗示此处久无人迹，门庭冷落，已远不似当年。诗人有意采用"上清"这个道家典故，正暗中透露出对方为女冠的真实身份。

一春梦雨常飘瓦，尽日灵风不满旗

从字面意思来看，这两句是对圣女祠的环境气氛进行描绘：丝丝春雨，悄然飘洒在屋瓦上，迷蒙飘忽，如梦似幻；习习灵风，整日轻轻吹拂着檐角的神旗，却始终未能使它高高扬起。

"梦雨"，若有若无、迷蒙飘忽的细雨。这里暗用巫山神女故事。宋玉《高唐赋序》说，楚襄王游于云梦，梦见一位美人自称巫山神女，晨为朝云，暮化行雨，闻知君王到此，自荐枕席。因此，朝云暮雨、云雨、梦雨等说法往往是男女遇合的隐喻。"尽日"，整天。"灵风"，神风。祠庙前一般插有旗幡，称灵旗；吹动灵旗的风，就叫灵风，象征着神灵来去的踪迹。

"梦雨"，本来就给人虚无缥缈、朦胧迷幻的感觉，高唐神女的故事更赋予某种暗示。因此，这已不是单纯的景物描写，而是具有了象征的意味。既可以说是圣女在爱情上朦胧的期待和希望，也可以说诗人在追忆自己与女冠的那段恋情时，觉得如梦一般飘忽迷离。而灵风终日吹扬不起神旗，又暗示出一种好风不满、好事无成的遗憾。旗虽不开，风却常来，那是一种挥之不去、百转千回的情思。

梦一般的圣女，梦一般的氛围，梦一般的经历，梦一般的爱情，梦一般的人生。这种由缥缈之景、朦胧之情融合而成的意境，给人以丰富的联想与暗示,却又似懂非懂,不可言传。这两句被认为是李商隐诗美的典型代表,缅邈隐约、幽微惆怅,"有不尽之意"(吕本中《紫薇诗话》)。

萼绿华来无定所,杜兰香去未移时

萼绿华和杜兰香,都是传说中得道女仙的名字。道书上说,萼绿华年约二十,常穿一身青衣,于一夜晚出现在羊权家,从此经常往来。后来给羊权尸解药,引领着他升仙了。杜兰香本是渔父在湘江岸边收养的弃婴,长大后被一位自天而降的青衣童引领飞升,行前对渔父说:"我仙女也,有过谪人间,今去矣。"

"来无定所",指踪迹飘忽不定。"去未移时",是说离去没有多久。这里,诗人借萼绿华和杜兰香暗示其爱情境遇。由于宋华阳是修道之人,身份特殊,他们见面相处的机会并不多。后来,两人又不得不分手,爱情无果而终。在诗人眼里,恋人就像仙女一样来去无踪,让人把握不住。每每回忆起来,这段爱情就像梦一般飘忽,让人惆怅不已。

玉郎会此通仙籍,忆向天阶问紫芝

玉郎曾经在此登录过仙册,时常向往在天宫采取仙草的神仙生活。"玉郎",是道教典籍中掌管神仙名册的仙官。"通仙籍",指入了神仙的名册,取得了登仙界的资格,也可以理解为和名在仙籍的仙人有往来。诗人以"玉郎"指代自己,暗示曾经在此地与圣女有过遇合。"天阶",指天宫。"紫芝",是一种灵芝仙草,传说为仙人所食。"忆",是想望之意。"通仙籍"也好,"问紫芝"也好,在这里都是一种爱情的隐喻,对以往恋情的回顾。

评 解

　　李商隐的这首诗朦胧蕴藉，虚虚实实，让人似懂非懂；虽然费解，但人们又总是渴望破解。需要指出的是，由于对这首诗的主旨理解不同，每一句都曾经有各种不同的解释。为了便于理解，这里仅选取其中的一种说法。

　　这首诗用了大量与道家、仙家有关的典故，如"上清""萼绿华""杜兰香""玉郎""紫芝"等，典故本身的迷幻色彩给诗歌带来一种迷离的感觉。当然，这种空灵飘忽也源于他对这份感情本身的惆怅和迷茫，正所谓"恍惚无倪明又暗，低迷不已断还连"（《七月二十八日夜与王郑二秀才听雨后梦作》）。

　　诗人还通过一种意绪将美幻的典故和意象串联起来，或为"有序中之无绪"，或为"无绪中之有序"；文思的跳跃往往也较一般诗人更为大胆。这首诗如果仅有"上清"等词，我们也能感受到飘忽和朦胧，但还看不到蕴藉和绵密。这时，文思的编织和情调转换就显示其独特性了。"白石岩扉碧藓滋"写景；"上清沦谪得归迟"尚有几分写实，但没有把事情交代清楚；笔锋陡然转到"一春梦雨常飘瓦，尽日灵风不满旗"，则让我们似懂非懂，也不知道这几个意象是如何连接起来的，只能是看作一种意绪；接着，"萼绿华"和"杜兰香"两个字面绮丽、本义迷幻的典故，稍稍冲淡了前一联的奇谲稠浓；而最后一句"通仙籍"和"问紫芝"确切指什么，依然没有言明。

　　李商隐完全以意传情，虚多实少，远远跳出了传统爱情诗叙事写情的模式。意象繁多却不见痕迹，淡化时间，淡化地点，淡化事件，有的只是一种模糊跳跃的情绪。事件或有具体所指和偶然随机，但情绪却是人人心中所有，故其情诗具有极大的包容性和概括性。

《仿杏花春雨江南图》局部　清代·王翚

春 雨

怅卧新春白袷衣,
白门寥落意多违。
红楼隔雨相望冷,
珠箔飘灯独自归。
远路应悲春晼晚,
残宵犹得梦依稀。
玉珰缄札何由达?
万里云罗一雁飞。

题 解

  这不是描写春雨的咏物诗,而是一首见春雨有感、借飘洒迷蒙的春雨烘托爱情寥落的惆怅感怀之作。

  有人说这是诗人客居长安的忆家之作,有人说这是李商隐期盼他人提拔的寄托之作。大多数人认为这就是一首爱情诗。但对于诗人所思为何人又有较大的争议。有人认为诗人所念之人应当是柳枝,就是《柳枝五首·序》中提到的那位属意于他、最后却被他人

《仿杏花春雨江南图》局部　清代·王翚

夺走的洛阳痴情少女。有人说红楼之上的那位姑娘就是后来成为李商隐妻子的王氏，当时落魄不堪的李商隐不过是王茂元手下的小小幕僚，却看上了人家的千金小姐，自然是有些苦涩难言的了。还有人推断这位可望不可即的女子是女冠，就是《碧城三首》和《重过圣女祠》等诗中反复提到的那位陪同公主一块儿入道观的宫女。

不论这首诗有无寓意，不管诗中的女主人公到底为谁，都不影响我们欣赏这首诗的凄迷与美丽。

句 解

怅卧新春白袷衣，白门寥落意多违

"白袷衣"，闲居时的便服。"白门"，金陵的别称，即今天的南京。南朝乐府民歌《杨叛儿》说"暂出白门前，杨柳可藏乌。欢作沉水香，侬作博山炉"，讲的是男女欢会。后人常用"白门"指代男女幽会之地。新春的夜晚，诗人和衣而卧，情绪甚是低落。为什么呢？因为昔日与恋人欢会的地方如今已经寂寞冷清。也就是说，佳人已去，相会无期。爱情的失落，真是让人苦恼伤心啊！

红楼隔雨相望冷，珠箔飘灯独自归

这两句是诗人追述重寻旧地的情形。春雨潇潇，诗人来到恋人住过的红楼前，隔着迷蒙细雨远远地望去，始终没有走近。曾经让他感到亲切温存的红楼，如今是那样地凄冷。究竟是雨冷，还是心冷，连他自己都说不清了。在这红楼前，他不知站了有多久，最终只能怏怏归去。此时，雨仍不停地下着，在灯光的映照下，犹如风中飘荡的珠帘。走在悠长而又寂寥的雨巷，说不出的失落，说不出的凄凉。

"珠箔"，即珠帘，这里喻指雨帘。在意象上，"红楼"和"珠箔"给人以华丽的感觉，暗示着曾经深情缱绻的生活；而一"隔雨"、一"飘灯"，意境就变得朦胧起来。红楼的色彩是温暖的，但隔雨怅望反觉其冷；珠箔是明丽的，却是灯影前对雨帘的幻觉，这极细微地写出诗人寥落而又迷茫的心理状态。这一联，可谓境界全出，情韵悠长，于典丽之中见凄冷，于空蒙之中见感伤。

远路应悲春晼晚，残宵犹得梦依稀

"晼晚"，形容黄昏时分暮色苍茫的景象。"依稀"，形容梦境的忧伤迷离。

此联前一句是替对方设想，意思是：在远方的那人面对日暮春晚，也应触动悲愁吧。后一句是说：只有在残夜的短梦中，我才依稀可以见到她。

相思刻骨，而至入梦。闭上眼她分明在前，睁开眼却什么都没有。残宵梦醒，怎不叫人伤心断肠？"犹得"，尚且可得、侥幸而得的意思。在这里，我们分明感受到诗人那浓得化不开的惆怅与思念之情。

玉珰缄札何由达？万里云罗一雁飞

"玉珰"，是用玉做的耳坠，古代常用环珮、玉珰一类的饰物作为男女定情的信物。"缄札",指书信。"云罗",阴云密布如罗网,比喻路途艰难。强烈的思念让诗人再也控制不住自己的感情,他要修书一封,将自己的爱恋、痛苦告诉对方。末了,仍觉意犹未尽,附上爱情的信物玉坠。然而,猛一转念,路途遥遥,阻碍重重,书信和玉坠怎样才能送到她的手里?且看窗外,阴云万里,有一只失群的大雁在哀哀地飞。都说飞雁传书,可它能穿过这如同罗网一般的厚厚云天吗?

评 解

　　李商隐的爱情诗含蓄蕴藉、幽美凄艳。他致力于情思意绪的体验、把握与再现,用幽微隐约、迂回曲折的方式,将心中的朦胧意绪转化为恍惚迷离的意象。他善用哀婉的情调、美丽的意象与辞采,表达复杂的心绪。在这首诗中,红楼、珠箔、春雨、灯影等意象,加上迷茫的心境、依稀的梦境,使诗境凄美幽约;春晚日暮和云罗万里,则烘托出离别的寥落、思念的深挚。

　　同时,李商隐的爱情诗内涵极为丰厚,绝不仅仅围绕单一的情绪反复吟唱,而是虚虚实实,忽此忽彼,或今或昔,一重情思套着另一重情思。将难言的情感表现得生动而丰富,却又让人只可意会,难以言传。

《春山听阮图》局部 清代·吕焕成

隋 宫

紫泉宫殿锁烟霞,

欲取芜城作帝家。

玉玺不缘归日角,

锦帆应是到天涯。

于今腐草无萤火,

终古垂杨有暮鸦。

地下若逢陈后主,

岂宜重问后庭花!

题解

李商隐晚年曾担任盐铁推官,大中十一年(857)左右,他抵达扬州赴任。江东一带是南朝故地,金陵(今南京)为六朝古都,李商隐往来于江淮之间,目睹前朝遗迹,抚今追昔,写下了大量咏史怀古诗。

"隋宫"指的是隋炀帝杨广在江都(今江苏省扬州市)营建的行宫。杨广曾于大业元年(605)到大业十二年(616)十余年间三次巡游江都,大兴土木,大肆挥霍,穷奢极欲。这首诗以强烈的语

《山川浑厚图》局部　清代·王翚

气讽刺隋炀帝贪图享乐、荒淫误国，名为怀古，实为警世。李商隐诗集中以"隋宫"为题的诗歌有好几首，这只是其中的一首。

句解

紫泉宫殿锁烟霞，欲取芜城作帝家

"紫泉"本名紫渊，是流经长安北部的一条河，唐时为避唐高祖李渊的讳而改名紫泉。这里用"紫泉宫殿"借代长安隋宫，为的是选取有色彩的字面与"烟霞"相互映衬，不仅烘托出隋宫的雄伟壮丽，也给人一种色彩繁艳、富丽堂皇的感觉。可是，如此巍峨的宫殿却闲置不用，深锁于烟霞之中，这是为什么呢？只因为贪图享乐的隋炀帝想把芜城作为另一个帝都了。

"芜城"，隋朝时称江都，唐时称广陵，即今天的扬州。南朝刘宋时期的大诗人鲍照曾经有感于该地的荒芜，作了一篇《芜城赋》。李商隐不说江都，也不称广陵，却偏偏用"芜城"指代当时还颇为繁华的扬州，是有着深意的：因为太多的兴亡旧事，扬州再繁华也总是容易勾起荒芜残败的历史回忆；而今日取其为帝家，难保明日不成为芜城。

玉玺不缘归日角，锦帆应是到天涯

"玉玺"，皇帝特用的印章，用玉制成，这里指代国家政权。"日角"，迷信说法，古人认为从骨相能够看出人一生的贵贱来，人的额骨突出饱满如日，是帝王之相。史书记载，唐高祖李渊起兵反隋之前，就有人吹捧他"日角龙庭"，必得天下。这里是用"日角"指代李渊。"锦帆",暗指隋炀帝南游一事,那时他所乘的龙舟都用锦缎做船帆,所过之处,奢华无比。这两句是说,如果不是因为隋朝被灭,皇帝的玉印落到李渊的手里,隋炀帝哪会游玩到江都就满足呢?他那奢华无比的船队,应该是会一直浩浩荡荡地开到天边去吧!

"不缘""应是",表明作者是在用虚拟的语气推想历史上没有发生的事情。隋炀帝不是不想,而是没有来得及罢了。这样的推断突出了隋炀帝的穷奢极欲,同时暗中点出因奢靡腐败而亡国的隋炀帝是至死都不可能悔悟的。

于今腐草无萤火,终古垂杨有暮鸦

古人认为萤火虫是从腐草中化生出来的。史书载,隋炀帝夜晚出游,事先命人大量搜集萤火虫,到时放出,光照山谷,为此还专门建了个"放萤院"。如今,当年的隋宫已经成为废墟,虽有腐草,却见不到萤光。这不仅是说隋宫已化为灰烬,一片荒凉,也是在讽刺隋炀帝奢靡昏庸,搜刮无度,以致萤火虫都绝了迹!

隋炀帝为了出游江都,开凿运河,沿岸筑堤,栽种杨柳,称为隋堤。诗中的"垂杨""暮鸦",都是指隋堤上的景物。在这个曾经沧桑的地方,如今惟有杨柳长久如斯,暮色中还不时传来老鸦的叫声,透出无限凄凉。而想当年杨广南游的时候,千帆万马,水陆并进,鼓乐喧天,旌旗蔽空,隋堤两岸,暮鸦哪敢栖息!

诗人把"萤火"和"腐草"联系在一起,今"无",暗示昔"有",不仅形成鲜明的对比,而且留给读者充分的想象空间,意蕴深长,是公认的名句。清代的方东树就赞叹说,这两句诗"兴在象外,活极妙极,可谓绝作"。

地下若逢陈后主，岂宜重问后庭花

"陈后主"，指南朝陈末代国君陈叔宝，以荒淫亡国闻名。他宠爱后妃张丽华，整天听歌看舞、喝酒作乐。《玉树后庭花》就是他自制的宫廷舞曲，被后人斥之为"亡国之音"。陈国是被隋朝灭掉的，陈叔宝亡国后投降了隋朝，和当时做隋朝太子的杨广很熟。据《隋遗录》记载，隋炀帝游扬州时，曾经梦见过死去的陈后主，隋炀帝请张丽华为他舞一曲《玉树后庭花》，陈叔宝讥笑他说，你不也贪欢吗？当初你还老挖苦我。

隋炀帝曾目睹陈叔宝是如何荒淫亡国的，不但不吸取前朝的教训，而且还变本加厉，以至重蹈覆辙。他如果在地下遇见了陈叔宝的话，难道还好意思再请张丽华舞一曲《玉树后庭花》吗？

评 解

这首诗妙在虚处着笔，不说隋炀帝奢靡贪欢至死不悟，而假设若非国亡身死，必将玩乐无极，不到天涯不罢休。不说隋炀帝的荒淫远甚于陈后主，而以如若两人地下相遇，隋炀帝也是无颜相见的，当不便再提《玉树后庭花》之事。这样的描绘不仅给诗歌留下极大的想象空间，而且扩充了诗歌的容量，以少胜多，包蕴丰厚。虽无一字正面指责隋炀帝，却字字讥刺，入木三分。

善于对比也是这首诗的高妙之处，紫泉宫殿自古帝王之家，却弃置不用，跑到扬州去重建宫舍，其贪欲可见。今日有腐草而无萤火的对比，昔年有垂柳而无暮鸦的对比，把历史的感伤与失落渲染得格外厚重。即便是在景物的描写中，诗人也不动声色地进行历史的叙述与批判，大大地增加了诗歌的叙事容量和情感强度。

《松岗暮色图》局部　宋代·佚名

乐游原

向晚意不适，
驱车登古原。
夕阳无限好，
只是近黄昏。

题解

乐游原，位于长安东南方，地势高敞，视野开阔，可以眺望长安全城。文人骚客常于此登临赋诗，李商隐诗集中有三首《乐游原》。

这首诗字面意思虽然通俗易懂，但是内涵却并非一览尽知，亦是众说不一。有人说写的是对迟暮光景难回的悲叹；有人说寄寓的是对大唐帝国日落西山、中兴无望的失望；还有的说"既有爱惜光阴、留恋晚景的意思，也是他在政治上受到挫折后所产生的悲观、惆怅、不知所适的感叹"。

李商隐的诗歌本来就内涵非常丰富，难以指实，还是纪昀说得好："百感茫茫，一时交集，谓之怨身世可，谓之忧时事亦可。"

《暮烟归来图》局部　近现代·傅儒

句解

向晚意不适,驱车登古原

傍晚时分,不知由于什么原因,诗人心绪不佳,于是驾着车登上乐游古原。乐游原曾为秦宜春苑,汉宣帝神爵三年(前59)在此修乐游庙,又名乐游苑;到李商隐时,已有九百多年的历史,故称"古原"。诗人一开始就道出心中的"不适",作为这首诗的大背景。他的那种感觉似乎非常强烈,以致无法静中独处,无法独步徘徊,而要到一个更高更开阔的地方去排遣,似乎只有在一个更大的环境中,他才能暂时舒解抑郁,释放自己。

夕阳无限好,只是近黄昏

登高望远,壮伟的长安城阙和秀美的山川田野,都沐浴在夕阳的金色余晖之中。诗人精神为之一振,不禁由衷地发出感叹:这夕阳真是无限的美好啊!然而,正当陶醉之际,生性敏感的诗人又不禁悲叹起来:太阳就要落山了,这无限的美丽转瞬即逝,只可惜好景不长!诗人想要挽留它,却又无能为力,心中又添怅惘惋惜之情。自古诗人词客善感多思,每当登高望远,常易引动无穷的思绪。家国之悲,身世之感,古今之情,人天之思,往往错综交织,感慨万千。陈子昂一登上幽州古台,便发出了"念天地之悠悠"的感叹,恐怕是最有代表性的例子了。诗人的初衷只是想排遣心中的不快,但终不免生出新的感慨。这种感伤当然不仅针对夕阳,至于它意味着什么,就留给读者去品味了。

这两句是千古传颂的名句,好似漫不经心,寻常道来,细细体味却有着无穷之意。正是在这有意无意之间、不即不离之际，诗歌的内涵和意韵大大增加。

评 解

用语短情长来概括这首小诗是再合适不过了。与李商隐多数诗篇精华密丽、典故连篇、曲折深幽的风格不同，这首诗质朴无华、明白如话。然而就是这么一首简短平实的小诗，也使得人们臆想纷纷，各抒己见，足以说明李商隐诗歌的魅力与特色。

诗人将时光易逝、好景不长、时代没落、身世迟暮之感之悲一起融注在这黄昏夕照的景物画面中，其概括的深广、感受的锐敏和笔触的传神，着实令人惊叹。由"意不适"引出登高消愁，最终落到惆怅无限，短短二十个字内几经转折，也体现了李商隐诗歌婉曲抒情的典型风格。

风雨

凄凉宝剑篇，羁泊欲穷年。
黄叶仍风雨，青楼自管弦。
新知遭薄俗，旧好隔良缘。
心断新丰酒，销愁斗几千。

题解

　　这首诗是诗人晚年羁泊异乡遭遇风雨而引发的身世之感，借慷慨悲歌来抒发自己怀才不遇的抑郁不平之气。"风雨"既是实写眼前之事，又是象征；象征着诗人一生在凄风苦雨中沉沦漂泊，满怀抱负、满腹才情就这样被雨打风吹去。

《风雨归村图》局部 明代·谢时臣

句 解

凄凉宝剑篇，羁泊欲穷年

"宝剑篇"，又作《古剑篇》，初唐大将郭震落拓未遇时写的一篇托物寓志的诗歌。以宝剑遭到捐弃被埋尘土比喻有才之士沦落不遇，但"犹能夜夜气冲天"，在磊落不平之中犹有热切的用世之心。这首诗深受武则天的赏识，后来郭震被重用，实现了报国之志。

诗人何尝没有《宝剑篇》那样的吟咏呢，可是又有谁来赏识？故句首用"凄凉"来形容。一想到未来，诗人不禁黯然神伤，看样子漂泊在外，终此一生了。"羁泊"，羁旅漂泊。"穷年"，终年，这里指终身。

诗歌一开头就在一片苍凉沉郁的气氛中展示出理想抱负与实际境遇的矛盾。从字面看，两句中"凄凉""羁泊"连用，再加上用"欲穷年"突出漂泊生涯的无穷无已，似乎满纸悲酸凄苦。但由于"宝剑篇"这个典故本身所包含的壮怀激烈的意蕴，不难使人感受到诗人心中蕴积着的一股金剑沉埋的郁勃不平之气。

黄叶仍风雨，青楼自管弦

这两句描绘出苦乐悬殊、一喧一寂的人生图景。在鲜明的对比中，突出才士落魄不堪的处境：自己的身世如飘零的黄叶，本已衰败凋枯，偏又遭到风雨摧残；而豪门贵家则自顾自地歌吹弹唱，宴饮作乐。

"青楼"，豪华精致的楼房，这里指富贵人家。"自"，既有转折意味，又含"自顾"之意。"仍"，更、兼之意。二者对应，加强了不同境遇的对比。诗人在前句触物兴感，在后句实中寓虚，含蓄地表达了自己难以忍受的痛苦与愤激之情。

新知遭薄俗，旧好隔良缘

在羁泊异乡的凄凉境况中，人情的温暖往往是对寂寞心灵的一种慰藉。然而，新交的朋友遭到浅薄世俗的诋毁，与旧日的好友也关系疏远，断了往来。这两句是写诗人陷身在朋党相争的夹缝里进退两难、孑然孤立的处境。

"知"，知交。"新知"，即新朋友。可能指郑亚、李回等人，亦可宽泛地理解为与李商隐有交谊的失势朋友。"遭薄俗"，遭到不良世风的攻击诽谤。"旧好"，可能是指当年与诗人亲如兄弟后来却几乎反目成仇的令狐绹。"隔良缘"，指交情阻隔，关系疏远。诗人娶了王茂元（接近李党）的女儿后，令狐绹（属牛党）等人斥之为"背恩""无行"，极力排挤、打击他。李商隐夹在牛、李两党之间，不仅仕途坎坷，人格也遭到种种诋毁。在这样的情况下，与"旧好"关系疏远，"新知"也遭到非难便是必然的了。

心断新丰酒，销愁斗几千

新丰在长安附近，今陕西西安临潼区东，以美酒著称。"新丰酒"用的是初唐马周的典故。马周落拓未遇时西游长安，借宿在新丰旅舍，店主人只顾接待商贩，对马周颇为冷淡，马周便自取新丰酒独酌。后来马周得到唐太宗的赏识，官居高职。"心断"，指绝望。诗人是说自己有马周当初的落魄,却不再指望能有他后来的幸遇。愁苦万分,却又万般无奈,于是诗人只好借酒浇愁,而不惜耗费千钱。"斗几千"是说一斗酒值几千钱,极言酒价之高,这里是借以突出愁之深。至此,诗人将内心的郁积苦闷抒发到了极致,在篇尾留下了无法排遣的苦闷与心绪的茫然失落。

评 解

　　这首诗通过自然的风雨,写人世的风雨,抒发了壮志难酬、一生零落的凄苦。然而,虽是自伤身世,字里行间依然透出一股郁勃不平之气。首尾两联,借用郭震和马周的典故,不只是作为自己当前境遇的一种反衬,同时也表露出对唐初开明政治的向往和匡世济时的强烈渴求。境遇的凄冷与内心的热切相互交织,是这首诗的特色,也是李商隐一生命运的特点,正如崔珏《哭李商隐》其二中所说"虚负凌云万丈才,一生襟抱未曾开"。

《合乐图》局部　五代·周文矩

锦瑟

锦瑟无端五十弦，
一弦一柱思华年。
庄生晓梦迷蝴蝶，
望帝春心托杜鹃。
沧海月明珠有泪，
蓝田日暖玉生烟。
此情可待成追忆，
只是当时已惘然。

题解

《锦瑟》是李商隐极负盛名的一首诗，也是最难索解的一首诗。诗家素有"一篇《锦瑟》解人难"的慨叹。有人说是写给令狐楚家一个叫"锦瑟"的侍女的爱情诗；有人说是睹物思人，写给故去的妻子王氏的悼亡诗；也有人认为中间四句诗可与瑟的适、怨、清、和四种声情相合，从而推断为描写音乐的咏物诗；此外还有影射政治、自叙诗歌创作等许多种说法。千百年来众说纷纭，莫衷一是，大体而言，以"悼亡"和"自伤"说者为多。

《十八学士图》局部 宋代·刘松年

诗取篇首二字为题，实际上等于是一首无题诗。关于这首诗的意蕴，我们不妨认为是诗人由听奏瑟而引发的对年华的思忆和对身世的感伤。

句 解

锦瑟无端五十弦，一弦一柱思华年

"锦瑟"，指装饰精美、绘有锦绣般美丽花纹的瑟。诗人以"锦"形容，可能和诗家惯用"瑶琴"来指琴一样，是取其字面的华丽。"无端"，也就是没来由，无缘无故。"五十弦"，《史记·封禅书》有"太帝使素女鼓五十弦瑟"的记载。后世的瑟以二十五弦为普遍。在李商隐的诗中，"五十弦"是写瑟常用的泛语，如"因令五十丝，中道分宫徵""雨打湘灵五十弦"等等。"五十"是用古制，或暗含多之意。瑟本来就有那么多弦，但诗人却要埋怨它：锦瑟啊，你平白无故为何有这么多弦！这是诗人的"痴语"，看起来不讲道理，表达的是一种未曾明言的情绪。每弦每节，都令人怀思美好的年华。

瑟的尾部，每一根弦都有一个柱状的物体支撑，可以移动用来调整弦音的高低，称为"柱"。"一弦一柱"，意即一音一节，指每一声瑟音。几十根弦的瑟，弹奏起来必定声音繁复，而这样的旋律总是容易令听者动情。诗人不由感叹道：每弦每节，都令人怀思美好的年华。也许正因为这瑟音让诗人思绪万千，不能自持，所以他才会去埋怨它的弦太多了吧。从这里我们看出，诗人是借瑟弦之多写自己的情之多。不管是逝去的美好年华，还是一生悲欢离合、失意蹉跎，诗人的感慨实在太多太深，音乐不过是诱因而已。

庄生晓梦迷蝴蝶，望帝春心托杜鹃

这两句是说诗人心像庄子，为蝴蝶晓梦而迷惘；又像望帝化杜鹃，寄托春心哀怨。

此联前句用了《庄子·齐物论》中的典故。庄子曾梦见自己变成蝴蝶，逍遥自在地飞舞，醒来后自问道，不知是我庄周做梦变成了蝴蝶，还是蝴蝶做梦变成了庄周？"晓梦"，清晨的梦，表示梦境短暂。后一句的典故出自《蜀记》，说蜀国国王杜宇不幸国亡身死，死后灵魂化作杜鹃，因为怀念故国，每到暮春时节就苦苦哀鸣，以至口中啼血。"望帝"，即杜宇。"春心"，是指因春色而引起的伤感之情。

沧海月明珠有泪，蓝田日暖玉生烟

此联前一句把几个典故糅合在一起：古代认为海里的蚌珠随月亮盈亏而有圆缺变化，故将"月明"和"珠"联系起来；又传说珍珠是由海里鲛人（神话中的人鱼）的眼泪变成的，于是将"珠"和"泪"又联系起来；另有"沧海遗珠"的成语比喻埋没人才。

后一句的用典有不同的说法。一说"蓝田"是指蓝田山，又叫玉山，在今陕西蓝田县，是著名的玉产地。古人认为宝玉埋藏之地有一种一般目力所不能见的"气"。此山为暖日照耀，蕴藏其中的玉气冉冉上腾，但美玉的精气远察如在，近观却无。这代表了一种美好的理想之景，然而它是不能把握和无法接近的。另一种说法认为出自魏晋小说《录异传》，讲的是一个非常凄美的爱情故事。吴王夫差的小女儿名叫小玉，与一个名叫韩重的青年相恋，但是吴王发怒不许，小玉郁郁而死。有一天，忽然有人看见小玉在镜前梳妆，夫差上前去抱她，小玉却像烟一样消失了。

此联和上联共用了四个典故，向我们呈现了不同的意境和情绪。庄生梦蝶，是人生的恍惚和迷惘；望帝春心，包含苦苦追寻的执着；沧海鲛泪，具有一种阔大的寂寥；蓝田日暖，传达了温暖而朦胧的欢乐。诗人从典故中提取的意象是那样的神奇、空灵，他的心灵向我们缓缓开启，华年的美好，生命的感触等皆融于其中，却只可意会不可言说。

这也是《锦瑟》诗中最难解的四句。诗人把四个看起来并不相关的典故用一种奇特的方式组合起来，笔触轻灵，以虚驭实，没有把用典的深意泄露出一丝一毫。中唐诗人戴叔伦说："诗家之景，如蓝田日暖，良玉生烟，可望而不可置于眉睫之前也。"形容诗歌意境的优美而又不可捉摸。这首诗也正是如此。正因为不可捉摸，所以历来企图用具体的事实坐实诗人用典寓意的努力最终都没有成功。不论是"悼亡说""音乐说"还是其他说法，也不管论述得如何充分，和诗歌自身给我们的感受比起来，总是令人有言不尽意的感觉。

此情可待成追忆，只是当时已惘然

这两句与起首的两句呼应并结束全诗，意思是说这些情事在发生的当时就已经叫人不胜怅惘，哪能等到今天再来回忆呢。亲历时就觉得人生如梦，追忆时更觉梦如人生，这双重的虚幻感，无比深切地传达了诗人的怅惘和感伤之情。只能像望帝托身杜鹃那样，化作无尽的哀鸣。"可"，岂。

评 解

　　这首诗所呈现的，是一些似有而实无，虽实无而又分明可见的一个个意象：庄生梦蝶、杜鹃啼血、良玉生烟、沧海珠泪。这些意象所构成的不是一个有完整画面的境界，而是错综纠结于其间的怅惘、感伤、寂寞、向往、失望的情思，是弥漫着这些情思的心象。诗的境界超越时空限制，真与幻、古与今、心灵与外物之间也不再有界限存在。究竟写什么？只首尾两联隐约暗示是追忆华年所感，而传达所感的内容则是通过五个在逻辑上并无必然联系的象喻和用以贯串这五个象喻的迷惘感伤情绪。喻体本身不同程度地带有朦胧的性质，而本体又未出现，诗就自然构成多层次的朦胧境界，难以确解。

　　李商隐诗的朦胧，与亲切可感的情思意象常常统一在一起。读者尽管难以明了《锦瑟》诗的思想内容，但那可供神游的诗境，却很容易在脑子里浮现。所以《锦瑟》虽号称难懂，却又广为传诵。梁启超在《饮冰室文集·中国韵文里头所表现的情感》一文中谈及义山的《锦瑟》《碧城》《圣女祠》等诗时，说："他讲的什么事，我理会不着。拆开一句一句的叫我解释，我连文义也解不出来。但我觉得他美，读起来令我精神上得一种新鲜的愉快。须知美是多方面的，美是含有神秘性的。"